集英社オレンジ文庫

小説

のみ×しば

柄十はるか
原作／田倉トヲル

本書は書き下ろしです。

Contents

Character

野《の》宮《みや》

思春期真っ盛りの高校2年生。寮では御子柴と同じ部屋。同性の御子柴に惹かれて動揺している。

御《み》子《こ》柴《しば》

野宮と同じ部屋の高校2年生。小柄で可愛い容姿で、学校のアイドル的存在。

宮井《みやい》

ゲイを公言している寮長。高校2年生。周囲の憧れの的のハイスペック男子。野宮と御子柴の良き相談相手。

森下《もりした》

オタク趣味のサブカル男子。腐男子でもあり、受攻表記のある『男子図鑑』なるものを密かに作成している。

岩間《いわま》

森下と同室。

中王子《なかおうじ》

女装をした御子柴を女の子と勘違いして惚れたが玉砕。バスケ部所属。顔はいいのにちょっぴり残念な、通称・バカ王子。

佐藤《さとう》

中王子と同室。

熊田《くまだ》先生

養護教諭。生徒からは熊ちゃんと呼ばれている。

その他大勢の皆さん

イラスト／田倉トヲル

小説 のみ×しば

Nomiya Mikoshiba

柄十はるか　[原作]田倉トヲル

——おとーさん、おかーさん。ボクは変わってしまうかもしれません。

ベッドの上、野宮《のみや》は虚空を睨《にら》みながら思う。

すぐ隣には安らかな寝息をたてる人影がひとつ。並んで横たわる二人のシルエットだけを見たら、仲睦《なかむつ》まじい男女の寝姿に見えなくもない。かもしれない。

だが相手はれっきとしたルームメイトで、友だちで、男だ。

男子校に監禁《かんきん》されて早二年目——ホモになったらごめんなさい。

#1

桐浜《きりはま》高校は東京郊外にある全寮制男子校だ。都内でも上位に入る進学校として知られており、全校生徒は七百名前後。生徒の自主性を重んじる自由な校風とカリキュラムのもと、若人《わこうど》たちは勉学に励《はげ》みつつ、のびのびと青春を謳歌《おうか》している。

寮は基本二人一組の相部屋で、野宮《のみや》は二段ベッドの下を使っている。

ルームメイトの名前は御子柴《みこしば》という。同学年の中ではひときわ小柄で、かわいらしい顔立ちをした少年だ。色素が薄いというか、透明感があるというか——ほのかに赤味がかったふわふわの髪と真っ白な肌、いつもキラキラした大きな瞳が、なんとなく雪の結晶を連想させた。

——で、俺はなぜその御子柴と同衾《どうきん》しているのだろう。確か昨日の夜はいつもどおり一人で眠りに就《つ》いたはずなんだけど？

野宮はぼんやりした頭のまま、肩口に触れる猫っ毛に鼻先を寄せる。

（いいにおいすんなぁ……）

甘酸《あまず》っぱいリンゴやベリーのような香りに混ざって、ほんのり甘い花の匂《にお》いが鼻腔《びこう》をくすぐる。

同じ男なのに、自分とはまるで別の生き物みたいだ。

（……ってちがーう！）

うっかり頬《ほお》を赤らめている場合ではない。あまりのビックリドッキリ展開に、現実逃避しかけていた。

「ちょ、ちょっと柴ちゃん起きて。寝るとこ間違えてっから。寝ぼけてんよっ」

強引に起こした『柴ちゃん』こと御子柴の肩を摑《つか》んだ野宮は、ゆさゆさとその体を揺さぶる。

「ん……」

御子柴は眠たげに目をこすったあと、ようやく状況に気がついたようだ。

「あ、野宮……俺」

しぱしぱ何度も瞬きをして、

「えっと、ごめん……」

上目づかいに謝ってきた。

（う――わ――）

恥ずかしさと申し訳なさでほんのり頬を染めた御子柴は、なんというかもう、単刀直《たんとうちょく》入《にゅう》にかわいかった。

……だからって、股間《こかん》にくるのはおかしくないか!?

「ト、トイレ！　俺トイレ行ってくるから！」

ないないないないないないホントない。

野宮がとっさに部屋を飛び出し、前かがみになっていると、よりにもよって他の寮生が、「おー、野宮。勃《た》ってんのー?」などと野次りつつ通り過ぎていく。

「!!」

タイミングも内容も最悪である。

「うっせーバーカ!!」

悲痛な叫びがこだまする。

予想外の反応に困惑する寮生も、それを耳にしてほんの微《かす》かに表情を曇らせる御子柴も置き去りに、野宮はあてどもなく廊下《ろうか》を疾走するのだった。

というわけで、俺は現在男にトキメキ中。もーなんでこうなったか全然わかりません。ぜんぶ男子校のせいです――。

翌日、登校した野宮の目の下には、寝不足によるクマがしっかり刻まれていた。

結局あれからひとっ走りして自室に戻ったものの、布団をかぶって悶々《もんもん》とするうち、窓の外が明るくなってしまったのだ。

（朝日がまぶしい）

お天道様《てんとさま》に顔向けができないとはまさにこのこと。

野宮はポケットに手を突っこみ、心なしか背を丸めトボトボと歩く。

「野宮！」

と、うしろから聞き覚えのある声がした。

「！」

振り向きざま、ゆるく弧を描いて缶ジュースが飛んでくる。受け取ってそちらを見ると、渡り廊下の短い階段の上、まさに寝不足の原因である御子柴が笑顔で立っていた。

「それあげる。人生ではじめてアタリが出たから、ひとつ野宮にあげようかなって」

「おすそわけ！」――弾んだ声音《こわね》に、野宮は「サンキュー」と目を細める。

（柴もまぶしいな）

こちらの邪念など露ほども知らぬであろう、キラキラとくったくのない笑顔。

手に収まった缶ジュースは、御子柴からしたらごく当たり前な、友だちとしての厚意に違いない。

でも野宮にとっては、なんとも嬉しい幸運のおすそわけであり――。

こんなんで簡単にキュンとしてしまうぐらいには、やばいわけだけど。

「あ、あと、夜はごめんね。寝込み襲って……」

歩み寄ってきた御子柴が、そう言いさした時だった。

「おっ、なになにー？」

ぞろぞろとクラスメイトがやってくる。

「お前らついにヤっちゃったの？　俺も混ぜてー」

とかなんとか、あくび交じりにデリカシーの欠片《かけら》もないことを言い放つのは、長身に整った顔立ちが目を惹《ひ》く宮井《みやい》。

「ぜひとも詳しくお願いします」

スマホ片手に食いついてくるのは、目隠れマッシュルームヘアがトレードマークの森下《もりした》。

「あははっ！　ないってば！　俺、ロリ系のおっぱい大きい子が好きだもん」

御子柴はそんな二人を笑い飛ばす。しかも大胆《だいたん》かつ意外な宣言つきだ。

「お前ホント、その顔で中身台無しだよなー」

御子柴にそう返した宮井は、ターゲット変更とばかりに野宮の肩へ腕を回してきた。

「よー野宮。お前、欲求不満なんだって？　助けてやろっか？」

「うるせーな。お前みたいな節操《せっそう》なしにはわかんねーよ」

横では森下が「宮宮コンビ～」と写真を撮っている。

変人だらけの学校だけど、柴はいたって健全で。

(そもそも、俺だって――)


「おっぱい～おっぱいさえあれば～。正気に戻るのに～」

「あん♡」

体育の時間。ふくよかなクラスメイトの胸をバックハグで揉《も》みしだきながら、野宮はあまりに哀れな姿を曝《さら》していた。

しかしそこは男子校。

「野宮に禁断症状が出てます！」

「ほっときなさい。いつものことだろ」

他の面々もまったく動じることなく、放置だった。

「宮井は天国だろーなー。ゲイ公言してっからなー。ファンまでついてるし」

野宮を除くみんなの視線は、自然とコートでプレイ中の宮井へと移っている。

華やかな容姿の宮井は、男の園《その》においても大変な人気者だ。

ましてや「男が好き」とオープンにしているので、集まる視線の熱量もすごい。

「心臓強えーわ。イケメン最強」

「野宮、野宮。あれは御子柴狙ってんのでは？」

談笑していたうちの一人が、にししと笑みを浮かべながら不意に野宮の背をつついてくる。

見ればシュートを決めた宮井が、勢いよく御子柴の肩に腕を回すところだった。抱き寄せられた御子柴の体が、ビクッと小さく跳ねる。

「柴っ！」

とっさに野宮は御子柴を呼んでいた。

周囲はヒューヒューはやし立てるが、どうでもいい。何か考えるよりも先、ほとんど反射で体が動いてしまうのだから仕方ない。

宮井が不満げに、「なんなの？　お前のもんですかー？」と視線で圧をかけてくるので、野宮も「すこしは自重してくださーい」と睨み返した。

火花を散らす二人にいよいよ野次馬たちは盛り上がり、やれ男だけの三角関係だの、ある意味平和だよなだの、好き勝手言いたい放題だ。

野宮とて、別に下心があったわけではない。ただ困っている御子柴を助けただけ。当たり前のことをしただけ。なにもやましいことはない。

が、森下から差し出されたスマホの写真に、軽率《けいそつ》に鼻血は出す。

「こ、これは……！」

そこに写るのはセーラー服姿の、まごうことなき美少女だった。

さらさらのロングヘア、長い睫毛《まつげ》に縁取られた大きな瞳、薄化粧《うすげしょう》をほどこしてほんのり桃色に染まった頰《ほお》と、やわらかそうなつやつやの唇。

「そう、去年のミスコンのときの御子柴くん。野宮、こないだスマホ壊れたって言ってたでしょ。ほしいんじゃないかなーって」

「ください」

大変ありがたい申し出に、即答する野宮である。

というか、なんでバレているのだろう。

森下は表情ひとつ変えることなく（実をいうと前髪のせいであまりよくわからないのだが）、「じゃあ、キミと御子柴くんがキスしてるとこ、写真撮らせて」とリクエストしてきた。

「ねえ、腐男子？　って人はみんなそうなの？」

「これは僕の趣味」

「そう」

なるほど、実に堂々としたものだ。

「もうさ、正直言うとさ、俺は全然できちゃうんだけどさ」

野宮は鼻にティッシュを詰め込みつつ、真顔で答える。

「できちゃうんだ……」という森下の心の声が聞こえた気がした。

「でも御子柴は、男となんて無理だよ」

ただ、そこだけ妙にハッキリと。

「絶対無理」

自分に言い聞かせるように、野宮は言った。

まあ、鼻の穴からティッシュがハミ出している状態で格好をつけても、どうにもならないのだが。

「……正直に言ったんだからちょうだいよ」

「…………」

交渉成立。相好《そうごう》を崩し、無事手に入れた写真を眺める。

（かっわいいよな〜）

「野宮！」と笑顔で呼んでくれる時も。「野宮……？」おずおずと尋ねてくる時も。「のみ

絶対無理。
…正直に言ったんだからちょうだいよ
……。
んっふっふ〜ん
かっわいいよな〜〜
もらった
『野宮！』
そう柴は かわいいんだよな
『野宮…？』
女装してもしなくても
『のみや…』
※イメージ
そんで

や……」袖口《そでぐち》を口元にあてて、上目づかいに見上げてくる時も。

いや、なんか途中から妄想に基づくイメージ像な気もするけれど。とにかく――

（そう、柴はかわいいんだよな。女装してもしなくても）

そんで。

（それは別に、俺だけが思ってるわけじゃない）

▼

「御子柴かわいいよな～。あんくらいだったら男でも全然いけるわ、俺」

「女装やばかったよなー」

「まじめに付き合ったりとかは全然いらねーから、こう、ちょっと……とか？」

下品な笑いとともに漏《も》れ聞こえてくる会話。

昨年秋のミスコン以来、御子柴のまわりにはちょっとあぶないファンが増えていた。

女子高生に扮《ふん》した御子柴は、それほど学園中の話題をさらったのだ。

生徒主導でさまざまなイベントを開催する桐浜高校の文化祭は、学生の間でも有名である。

ミスコンは中でも指折りの目玉イベントで、女性向けファッションショーと見紛《みまが》うばかりの本格的なステージ仕様だった。

そこに降臨したセーラー服姿の御子柴のかわいさたるや……。誰もが言葉を失った。

あの瞬間ばかりは男女関係なく、みんな御子柴に恋したのではないかと錯覚《さっかく》するほど。

もちろん、野宮もかわいいと思った。

けれど『もともとかわいい』が『やっぱめちゃくちゃかわいい』にグレードアップした印象でしかなかった。

だから、御子柴を女子の代替品《だいたいひん》的な扱いをし始めた一部のグループに対しては、微妙な危機感を覚えざるを得なかった。

（おいおい。あいつ、いつかやばいんじゃないの……？）

すこし小柄な御子柴は、当時さして仲良くなかった野宮が見ていても危なっかしく、やたらベタベタする奴も結構な頻度《ひんど》で目についた。

──「ふざけんなっ、やだっつってんでしょ!!　やめろってばっ」

校舎裏で乱暴されそうになっていた御子柴を見つけたのは、そんな危惧《きぐ》を抱くようになってからすぐのこと。

「おいっ、なにやってんだよ!!?」

あとさき考えず飛び出した。野宮自身も驚くほどの大声に、御子柴を壁に押しつけていた生徒は脱兎《だつと》のごとく逃げていった。

見覚えのある後ろ姿。そいつはことあるごと御子柴にまとわりついていた、同級生とおぼしき一人だった。

「信じらんね、襲うやつとかマジでいんの!? お前、大丈夫かよ」

御子柴はうつむいたまま、なにも答えない。無理やり開かれたのであろうボタンの取れたシャツの胸元が、痛々しかった。

「……まぁ、じゃあ、俺行くから」

気まずい空気にその場を立ち去りかけた時、不意にセーターの裾《すそ》を引っ張られ振り返る。

「ごめん。ちょっと……いかないで」

眉根《まゆね》を寄せ、今にも泣きそうに顔を歪めた御子柴の手は、震えていた。

「…………」

そりゃそうだ。男だって、こんなの怖いに決まってる。

仮にも学友であり、しかも自分より体の大きな男に。突然、襲いかかられたら――。

▼

平気なフリしてるけど、御子柴にとってその出来事はたぶんいまだにトラウマで。

さっきだって宮井に肩を掴《つか》まれて、反射的に体が竦《すく》んでいた。

宮井を警戒してるとか苦手意識があるとか、そういうんじゃない。

あの時の恐怖が、体に刻み込まれてしまっているんだ。

そんなの、かばってやりたくもなる。きっと誰だって、そう思うはず。ましてや自分は今や御子柴のルームメイトだし、友人なのだから。

そう考えながら、ちょうど廊下《ろうか》を曲がったところ――。

「御子柴く〜ん！　ちょっとコレ、新作着てみてよ〜」

「無理です、文化祭のときだけにしてください〜――わっぷ」

ひらひらのワンピースを掲《かか》げた不審者に追われている御子柴が、胸元めがけて突っ込んできた。

「あ、野宮……」

「なにやってんだよ、嫌がってんだろ」

またかとばかりに注意すると、眼鏡《めがね》の不審者――もとい同級生の美作《みまさか》は、ビクつきながらも唇を尖らせ抗議の姿勢をとる。

「だっ、だって……御子柴くんの男の娘《こ》……いいじゃない……」

……公認ゲイに腐男子、果ては男の娘マニアまで。

（ホントいいよな、どいつもこいつも。欲望のままに生きてて）

野宮は呆《あき》れと恨みがましさをたっぷりこめたまなざしで、相手を見下ろす。

——俺なんて。

「うおー!! なんだよ、その顔!? 大体なんなのお前、邪魔ばっかしやがって! 何様!? 彼氏かよ!!」

「そうだよ」

——俺なんて、こんなはったりぐらいしか言えないし。

でもはったりだからこそ、本気でぶつけてやる。

嘘やおふざけだと思われては、意味がないのだから。

(御子柴のあんな顔、もう見たくないんだよ)

うわーん、ちくしょー、と負け犬のお手本みたいなセリフを吐いて、美作は撤退《てったい》していった。

「……ったく。あの服、自作とかさらに怖えーし。柴ちゃんホント変態ホイホイだよな」

野宮は照れ隠しついでに笑いながら、御子柴の肩にぽんと手を置く。

が、次の瞬間、その手は音をたてて振り払われていた。

そのまま左腕で顔を覆《おお》った御子柴は、一目散に走り去ってゆく。

(え)

なにが起こったのかわからなかった。

（え）

むなしく宙に取り残された自分の手を見て――それから遠ざかる御子柴の背を見て、ようやく状況を把握《はあく》する。

ええ――!?

（うそでしょ、なんで!?　そんなに嫌だったの!?　なにが!?　彼氏って言ったのが!?　それとも下心ダダ漏れてんの!?　わけわかんねーよっ）

ショックと混乱に頭を抱える。

他の奴らより少しは距離の近い関係だとしても、やっぱり急に触られるのは怖かったのだろうか。

俺だけは違う、なんてかっこつけていても、みんなと同じようにかわいいと思っているのも事実なわけで。

だからってここまで拒否られるとは、予想していなかった。

「なんなの。本気でわかんないんですけど……でも」

柴が嫌だったんなら、あやまらないと――！

その一心で、野宮は駆けだした。

#2

あ——も——むり——。

全力疾走したせいで心臓の音がうるさい。息が上がる。頬《ほお》が——いや、体中が熱いのは、走ったせいだけじゃない。

野宮《のみや》から逃げてきた御子柴《みこしば》は、人目のつかない階段の陰にしゃがみこみ、両手で顔を覆った。泣いているわけではない。泣きそうだけれど。

——『彼氏かよ⁉』

——『そうだよ』

（野宮、好き……‼）

息が止まるかと思った。

（どうしよ、一瞬でも彼氏になっちゃった……！）

あの野宮が、自分の彼氏に。そう思うだけで悶《もだ》えてしまう。

（助けてくれただけってのは、わかってるけど）

あーーもーーむりーー
野宮好き…!!
カァァ
どうしよ
一瞬でも彼氏になっちゃった…!
うぁ〜
助けてくれただけってのはわかってるけど

はあ……と長い溜息が漏《も》れる。

(野宮……いつも助けてくれるよな……)

あれ以来、ずっと――……。

『なにやってんだよ!!』

クラスメイトに襲われそうになった自分を、かばってくれた。

手を出してきた奴については、以前から何度か「あれ？　距離近すぎない？」と思うことはあった。

とはいえ、ふざけて「一度でいいからやらせてよー」なんて言われても、「またまた」と笑ってやり過ごした。そうしていれば、いつか落ち着くだろうって。

だから、本当に押し倒されそうになった時はショックだった。

なんで？　友だちじゃなかったの？　嫌だってわかってくれないの？　これもおふざけやからかいの一環で――男なんだからたいしたことないの？

混乱で頭がぐるぐるして、それでも必死に押し返して叫んで。

そうしたら野宮が駆けつけて、怒ってくれた。

本気で怒って、そばにいてくれた。

あのとき――俺は、いとも簡単に、恋に落ちてしまった。

自分がそっちの人だったなんて、思ってもみなかったけど。

二年になって、まさかの寮が同室で。

『相手が柴ちゃんとか、俺、超ラッキーじゃね？　よろしくな！』

『よ、よろしく……』

──心臓が野宮にも聞こえるんじゃないかってぐらい、ドキドキした。

もう、疑いようもないんだって。

（おっぱいなんて、別に興味ないし）

この気持ちがバレないよう、日ごろから女の子が好きだってアピールしていたけど……

本当は違う。

（ほかの男子はちょっと怖い……。野宮だけ。野宮だけなんだから）

──これは、まごうことなき、恋なんだ……！


というわけで魔が差し、眠っている野宮の横に寝てみたりした御子柴である。

（俺って結構大胆《だいたん》にあぶない奴だったんだなー……）

そんな自分に若干《じゃっかん》怖くなりながらも、五分だけ……もうあと五分……ごふん……とすっかり寝過ごした結果が、昨晩の同衾《どうきん》事故だった。野宮が「寝ぼけて間違った」と勘違いしてくれて助かった。

でも野宮は、きっとホモは嫌い。

からかってくるみんなに、いつも怒ってる。

いいんだ。いいんだ。初恋だしね。実らないって、わかってるし。

『柴っ』

野宮が笑いかけてくれて、普通の男友だちとして接してくれる。

こっちのほうが、全然大事。

せまったりはしないから、ちょっとの下心は許してください。

これでも男子なんです――。

御子柴はもう一度ゆっくり息を吐き出して、呼吸を整える。春とはいえ日陰はまだ寒い。

ひんやりとした空気が鼻の奥を刺した。

(赤面バレたくなくて逃げちゃったけど……、俺ぜったい変だったよね。手まではらっちゃったし)

せっかく自分をかばってくれたのに、これでは恩を仇《あだ》で返すようなものだ。

ましてやこの気持ちがなにかの間違いで伝わってしまったら、野宮の純粋な気づかいを台無しにしてしまう。

どんなに冷やかされても、変わらず接してくれる優しい野宮――。

そう思うとじっとしていられず、踵《きびす》を返して走りだした。

（とにかく、あやまらないと）

――あやまらないと。

（あやまらないと）

――だって、

（だって、）


（（好きだなんてバレて、嫌われたくない――!!））


「柴っ」

二人の声がぴったり重なる。双方息を切らして肩を上下させながらの謝罪に、御子柴は
「野宮!」

「「ごめん!」」

いつもどおりに笑ってみせた。

「ははっ、なんで野宮があやまってんのー」

するとの野宮も気まずそうに笑い返してくれた。ちゃんと笑えているか心配だったけれど、どうやら大丈夫だったようだ。

「えー?　柴ちゃん、嘘でも彼氏とか嫌だったかなーって」

「嫌じゃないよ。いつも助けてくれてるじゃん」

嫌どころか、嘘でも嬉しかった。

困っている時、人目をはばかることなく真正面から助け舟をだしてくれるのが、どれほど心強いことか。

「野宮は平気」

そう言うと、野宮はホッとしたように、「やーもー俺すげーびびったわ」と白い歯を覗《のぞ》かせる。

「ごめん……ちょっとびっくりして」

微笑《ほほえ》みあう御子柴と野宮。

――を、遠くから見つめる人影がふたつ。

（だぁ――も――、いいからさっさとくっついちまえよバカップル!!　お前らとっくに両想いなんだよっ）

壁に爪を立ててギリギリしつつ様子を窺《うかが》う宮井《みやい》と、

（茶番だ。早くいちゃついてくれないかなー）

呑気《のんき》にスマホを構える森下《もりした》の目が合う。

野宮をけしかけ愉《たの》しんでいる宮井に、趣味として野宮&御子柴のカップルを追う森下。

双方の利害は一致している。二人の目がキランと光った。

寮での自由時間、生徒たちは思い思いに過ごす。

大きな寮だけあって、食堂、洗濯室《せんたくしつ》、自炊《じすい》可能な調理室、自販機が備え付けられた休憩《きゅうけい》スペース、二十四時間利用できるシャワー室など各施設が整っており、中でもみんなの憩《いこ》いの場である談話室はいつも賑《にぎ》やかだ。

今日も宮井たち数人のグループが、スマートフォンでの対戦カードゲームに興じていたのだが――

「はーい、柴の負けー」

最後は御子柴の敗北で終了となった。

「じゃあ約束どおり、俺のゆーことなんでも聞いてくださーい」

「くそー」

得意げにピースサインを掲《かか》げる宮井に、御子柴は悪態をついたあと、「誰かになにかしろ系はナシだからね」と釘を刺す。

「変態に襲われすぎて警戒心やばいよな、柴。オーケーオーケー。――じゃあ俺にキスして♡」

「やだよ!!」

いったいなにを了解して、オーケーと言ったんだ。こんな人間しかいないのか、この学校は。

だが、相手は宮井である。

「お前なんでもヤダヤダ言うねー。こーゆーゲームでそーゆーノリはよくなくない?」

なんて、しれっと返してくる。

「ゲームだからだよっ」

御子柴は必死に抵抗を繰り返す。なぜなら、とても大切な理由があるから。

「嫌に決まってんじゃん、そんなの——だって、だって、ファーストキスなのに」

「乙女《おとめ》かよ」

間髪《かんはつ》をいれず突っ込まれた。

しかし、ここは譲《ゆず》れない。初めてのキスは本当に好きな人としたい。好きな人じゃないと嫌だ。

たとえ実らない初恋だとしても、夢くらいは見させてほしい。

「そうゆうこと言っていいの? 俺が本気だったらいいってことだよな?」

宮井は言いながら笑顔で御子柴の両手首を掴《つか》み、強引に引き寄せようとする。

「そ、そうじゃなくて」

おふざけとわかっていても、とっさに体がこわばった。

「じゃあ、キスして?」

「俺は……っ」

――と、流れを断ち切るかのように、野宮がすくっと立ち上がった。

ここまで宮井の座っているソファの肘掛けに背を向ける格好で腰を下ろし、肩越しに様子を窺っていたようだが、ずっと無言だ。

「野宮……」

なんとなく不機嫌な気配が、その背中から伝わってくる。

さらに発破《はっぱ》をかける勢いで、宮井がにやにやと笑みを浮かべ、野宮に呼びかけた。

「なんだよ、お前。また止める気ですかー? たかが罰ゲームなのに空気も読めずにー」

「うっせー。止めねーよ、ゲームなんかノーカンだし」

野宮はズボンのポケットに手を突っ込み、宮井や御子柴のほうを振り向こうともせずに言った。

「見たくねーから出るんだよ」

嚙《か》みしめた奥歯から漏《も》れる響き。ちらりと見えた表情は、ひどく悔《くや》しそうに見えた。

――今の顔って? 言葉って? どういう意味なんだろう。

不覚にも見蕩《みと》れてしまった御子柴の横で、宮井が「こいつらいじるのたのしー」とばかりに笑いをこらえて震えているのには、もちろん気づきもせず。

「柴ー？　あきらめろー？」

「……わかったよ。ちゅーでもなんでもしてやります」

御子柴は腹をくくって宮井を睨み返し、

「でも、ひとつだけ――」

ある頼みごとをした。


（あーあー……ヘタレな俺よ……）

自室に戻った野宮はベッドに転がり、ぬぼー……と宙を眺めている。

（俺も宮井みたいに気楽にできたらなー……。でも、柴が嫌がったら、なにもできないんだろなー俺）

溜息しか出ない。

今ごろ御子柴は宮井にキスをしているのだろうか。頬《ほお》か唇か。せめておでこくらいにしておいてほしい――。

いよいよ目が死にかけたところで、

「野宮っ！　野宮っ、よかった、いた……！」

なんと部屋に御子柴が飛び込んできて、野宮は跳ね起きた。

「柴……」

「の、野宮はさ、ファーストキスとか、気にしない？」

「え？」

なんの話だろう。頭が追いつかず、返事がままならない。

「ゲームならいい？　ノーカンなんだよね？」

御子柴は御子柴で野宮の答えなど待つ余裕もない様子で、矢継《やつ》ぎ早《ばや》に尋ねながら唇を引き結んで歩み寄ってくる。

「ほんとごめんね」

華奢《きゃしゃ》な手が肩にかかり、ぐっと押さえられる。

次の瞬間、花びらのようにふわりと、唇が降ってきた。

――――キス。

御子柴からの、キスだった。

「全男子のなかで、初キスするなら。野宮がいいので」

まっかな顔で、でもとても真剣に。まるで……まるでちょっと、本気みたいに。

――『でもひとつだけいい？　ちょっと待ってて!!　戻ってくるから!!』

御子柴が宮井にそう告げて走ってきたことを、野宮は知らない、知らないが——。

(要するに、御子柴は宮井とファーストキスするより先に、わざわざここへ来たってこと……?)

なんて思考さえ、ろくに咀嚼《そしやく》することもできない。

やわらかい感触と、鼻をかすめた甘酸《あまず》っぱいシャンプーの香りに、呆然《ぼうぜん》とするしかない。

「そんだけっ、じゃあねっ」

「宮井ともしてくる!」と勢いよくドアを閉めて出ていった御子柴を放心状態で見送り、野宮は本日二度目の鼻血を噴きながらひっくり返った。

「柴ちゃん……小悪魔がすぎんだろ……」

昨日の夜も見たなあ。こんな感じの景色。

——おとーさん、おかーさん、ごめんなさい。

「俺もう、ホモでもいいかもしんない……」

降参気味に呟《つぶや》き、野宮は静かに目を閉じた。

いっぽう御子柴は、ドアの外でまたやっちゃったとひとり悶絶《もんぜつ》していたのだが、それもまた野宮が知る由《よし》もない。

ちなみに、どういうわけかキスシーンはばっちり森下に隠し撮りされていて、あとでみんなに散々からかわれた。

ただそのお蔭《かげ》もあって宮井と御子柴のキスがチャラになり、野宮は内心ガッツポーズをきめたのだった。

#3

野宮《のみや》と御子柴《みこしば》。ふたりは寮の同室で、友だちで、そしてそれぞれ……

（柴は）

（野宮は）

（（きっとホモが嫌い））

だと思っているので、実はお互いのことが好きだけど、本人たちはまだ気づいていない。

本人たち〝だけ〟は——。

「なー、保健室に先生いないんだけど知らねー？　柴ちゃん、ちょっとおなか痛いって
……」

野宮が談話室に呼びかければ、宮井《みやい》と森下《もりした》は息ぴったりに「中出しサイテー！」と指をさして声をそろえた。

そう。実のところは周りにバレバレの、誰がどう見たって「こいつら両想いじゃん
……？」状態。

「ヤってねーから。まず心配しろよ」

しかし、野宮はいつもの悪ふざけだと一蹴《いっしゅう》する。

キスの件以来からかわれまくっている二人と、バカ騒ぎがとにかく楽しい――そんな男子高校生たちの話。

「野宮」

「おー、柴ちゃん」

夕食時の食堂。一足先に食べ始めていた野宮のもとに、トレイを携《たずさ》え御子柴がやってきた。

「あれ？　野宮、お昼もカツ丼食べてなかったっけ？」

「今日はカツ丼デーな気分なの」

なにしろ育ち盛り食べ盛り。特に体格のよい野宮は、食欲も旺盛《おうせい》だ。御子柴は小さく声をたてて笑いながら、「あ、ここんとこごはんついてるよ」と自身の頬を指で示した。

「取ってあげる」

「えっ」

なんのためらいもなく手を伸ばした御子柴が、ぎょっとして目を見開く野宮の口元へと手を伸ばす。かと思うと、なんのためらいもなく米粒をつまみ、ぱくっと食べてしまった。

次の瞬間、御子柴の白い肌が一気に首まで赤くなる。一拍遅れでやらかしたことに気づいたらしい。

「つ、つい、ごめんねっ……」

「お、おー」

つられて野宮も赤くなった。

なんでもないとはわかっていても、なんだか妙に面映《おもは》ゆい。向かいあったまま二人でもじもじしてしまう。

もちろん周囲は「もういっそ付き合ってくれたほうが落ち着くわ――……」と若干《じゃっかん》ヒキ気味の視線を送っているのだが、当人たちだけが気づかない。

(キスしちゃってからなんかこんなかんじで、意識しまくっててやばいんだよなあ)

胸のドキドキをまぎらわせるべく野宮が食事を再開したところで、今度は宮井がテーブルにやってきた。

手ぶらなところを見ると、もう食事は終わらせたのだろう。

「柴、お前、またためんどうなことになるぞ」

「え、なに。どうゆうこと……」

「あいつだよ。今日から寮に復帰するんだって」

「中王子《なかおうじ》」――宮井の口から飛びだした名前に、みるみるうちに御子柴の顔から血の気が引いてゆく。よほど苦手な相手なのか、あまり目にしないレベルの動揺《どうよう》ぶりだった。

「ご、ごちそうさま……」

「こらこら逃げてどうすんの」

そそくさと逃げに転じた御子柴の服を、宮井が摑《つか》んだ。

「だって！」

「中王子？　あいつがどうしたの？」

野宮は疑問符を浮かべながら尋ねる。

中王子とは一年次クラスが違ったため、「学校や寮でちょこちょこ見かける騒がしい奴」程度の認識しかない。

「あー、お前、知らないんだっけ？　中王子は――」

宮井が話を始めようとしたところで、御子柴が何かに気づいて顔を引き攣《つ》らせた。時すでに遅し――視線の先には噂《うわさ》の中王子が仁王《におう》立《だ》ちになっている。

きりっと吊り上がった眉《まゆ》と、少し垂れ気味の目尻が印象的な、宮井や野宮とはまた違うベクトルのハンサムな顔立ち。

おまけにバスケ部なだけあってそれなりの身長で、黙っていればモテそうな風貌《ふうぼう》である。

しかし、ずんずんと御子柴のもとに歩み寄ってきた中王子は、その手をとるなり片膝をつき、

「御子柴さん、好きです。付き合ってください」

大真面目《おおまじめ》にそう告げたのだった。

「でたー、告白だー」「中王子こりないよなー」「いいぞ、中王子ー」……爆笑とともに、食堂内は一気に盛り上がる。

いっぽう状況がさっぱり把握《はあく》できない野宮は、ぽかーんと固まってしまっていた。

「こんなチンパンジーだらけの中で大丈夫だった!? へんなことされてない？ 俺もう入院中も心配で心配で！」

中王子はなおも熱烈に御子柴へと迫る。

「俺っ、俺もうほんとに、俺……！」

「とっ、とりあえず手はなしてっ」

「……野宮、助けに入らなくていいのかよ？」

意地の悪い笑いを浮かべた宮井に聞かれ、野宮は複雑な表情で二人を見つめた。

「そりゃ、いつもみたいのなら止めるけど」

そうだ。いつもみたいな『悪ふざけ』であれば。ただ御子柴を困らせるための行為であれば、止めるに決まってる。

ばんっ
ずんずん
だらだら
がしっ
御子柴さん
好きです
付き合って
ください

けれど――。野宮は無意識のうちにこぶしを握りしめた。

「さすがに、告白は邪魔できねーよ」

本気の想いを邪魔する権利は、自分にない。

「そのわりに……」とでも言いたげな様子で、宮井が唇の端をかすかに持ち上げる。

「御子柴、俺、本気だから。ミスコンのキミに一目惚《ひとめぼ》れしたんだ」

そんな周囲をよそに、中王子は熱意のこもった口ぶりで語り続けていた。

「ねえ、どんな事情があんのかは知らないけど、キミみたいな子が男子校にいたらあぶないよ？　わかってる？」

「～～～っ」

「キミ……女の子なんだよ？」

一点のくもりのないまなこで繰り出すにしては、あまりにもパンチの効いた発言だった。

「男です!!」

中王子の語尾を食い気味に、御子柴が悲痛な叫びを上げる。

「いいかげんにしてッ……！」

「へ？」

予想外の展開に、野宮は鳩が豆鉄砲を食らったような顔で呆《ほう》けてしまった。

おんな……？　女？　御子柴が？　え？

「何回も言ってるよね⁉　声だって低いし、胸ないし。マンガじゃないんだから逆になんで⁉」

「またまた〜♡」

御子柴の必死の抗議もどこ吹く風、中王子はそれこそ可愛《かわい》い女の子がさえずっているとでも言いたげに笑う。

「いやいやいや。マジで事情が呑《の》み込めねえんだけど。ありえねーだろ……」

心の底から、本気で、御子柴を女子だと思って惚れ込んでいる奴がいるだなんて。

「あははは！　中王子ー、あきらめろって。柴、もう付き合ってる奴いるよ」

……嫌な予感。

「はぁ⁉　ふざけんな、誰だよ‼⁉」

案《あん》の定《じょう》、宮井の言葉に、中王子はすごい剣幕で突っかかってきた。

「こいつ」

宮井テメ――‼　なに考えてんだよッッッ！

人柱《ひとばしら》よろしく差し出された野宮は、心の中で絶叫する。

「はんっ、誰かと思えば野宮じゃん。まあ身長はでけえけど、顔なんか平凡なチンパンだし。余裕だなこりゃ」

生贄《いけにえ》にされた上、ナチュラルにディスり倒された。ひどい。

「余裕でそんなん信じられるか!!」

「コラ――!　中王子ィィイ!　なにうろちょろしてんだ、お前は!!　手続きとか全然済んでないだろが、来いッ!」

そこで幸いにも教師が中王子を探しに来て、首根っこを掴み引きずっていってくれたので、なんとか場は収まった。

最後に「邪魔すんなら覚悟しとけよ野宮ー!」だの「御子柴好きだー!」だのわめいていたのは、聞かなかったことにしたい。

「ええ~……。俺、なにがなんだかさっぱりなんですけど……?」

あまりのことに、野宮の頭はキャパオーバー状態。

御子柴と同じクラスに、一人やたら熱烈なファンがいる――と聞いたことはあった。

けれど、学校で御子柴と中王子は同じクラス、野宮は彼らと一番離れたクラスだったので、特に接点がなく――。二年に上がり、今度は御子柴と野宮が寮の同室になったタイミングで、中王子が骨折により寮生活を離れたため、幸か不幸か今の今まで現場を目の当《ま》たりにしたことがなかったのだ。

(まさか、ここまでだったとは……)

自室への道すがら考えつつ、野宮は「でもそれって俺もだよな」と独り呟《つぶや》く。

(柴ちゃんのこと、こんなに好きになるなんて)

御子柴は入学時から、「なんかちっちゃくて女子みたいにかわいいのがいる」と校内でも軽く有名だった。

だが野宮は会話したことはあれど親しいというほどでもなく、「柴ちゃんかわいいもんな」と呑気《のんき》に遠くから眺めている程度だった。

それが少しずつ、いろんな出来事が重なって――今に至る。

（ということは、中王子は恋のライバルってことになるのか？）

アレと同じ土俵《どひょう》に立つのはだいぶ不本意だが、とりあえず、不足している情報を仕入れておこう。

こういう時、頼りになる人物には心当たりがある。


「あー、中王子くんね。うん、結構有名だよ」

（『男子図鑑』……？）

タブレットに表示されたオシャレなプロフィールページを、野宮は感心半分（あとの半分は察してほしい）に覗《のぞ》き込む。

「森下がつくったの？」

「そう。僕のシュミ」

中王子翔《しょう》──十一月十六日生まれ。身長一七六センチ、体重六十五キロ。所属はバスケ部。趣味はAV収集と鑑賞。好きなものはかわいい女の子、猫。

『かわいい系男子・御子柴くんの女装姿に一目惚れしたみたい。断られてもめげずにアプローチし続けている姿はクラスの伝説になっているよ。ハートが強いね』とあるのは、森下視点のワンポイントメモのようだ。

「彼ね、御子柴くんを女子だと思ってるんだよ」

「えー……さすがにそれは無理くね？」

ついさっき、その勘違いぶりを目の当たりにしてもなお、信じがたい話だ。

野宮は椅子《いす》の背もたれを前にして、馬にまたがるように座り、森下と向き合う。

「うん。いくら御子柴くんが可愛い系とはいっても、普通に男子だよね。でも超女好きの自分が、男に惚れるわけないって思ってるとこあるみたい」

その証拠に、中王子はいつも自室でAV鑑賞をして、スマートフォンから盛大に女性の喘《あえ》ぎ声を響かせている。

……哀れなのはルームメイトの佐藤《さとう》君であるが、今は置いておこう。

とにかく、森下いわく──。

「都合の悪いことはなかなかのステルス能力だよ。通称、バカ王子」

「柴ちゃん、変態ホイホイすぎる……」

野宮ががっくりと肩を落とす。

「御子柴くんみたいな人はやっぱり、男子校だといろいろ大変みたいだね。ちょっとかわいそう。……僕もそれに萌えてるわけですが」

「——……」

森下の言葉を聞き、野宮は組んだ腕に顎《あご》を乗せて考えこんだ。

——そうだよな。柴はかわいいけど、男なのにな。


部屋に戻ると、御子柴が待ちかねていたように「あっ、野宮！」と声を上げた。

「野宮、ホントごめんねっ……！　なんか、巻き込んじゃって……。俺、明日、中王子に間違いだってビシッと言ってくるから！」

御子柴はかわいそうなくらい焦った様子で謝ってくる。

「もー、宮井もなんであんなこと……っ。ほんと、ごめんっ」

いちばん困ってるのは御子柴だろうに——と野宮は思う。

自分より先に友だちの心配だなんて、本当に優しい。

「……」

　男に襲われたり、男に告白されたり。

(俺だって、ただの同類でしかないけど)

　それでも、御子柴の役に立てたら嬉しいという気持ちは本当なのだ。

(好きな子には、誰だって笑っててほしいだろ)

「柴ちゃんひとりで大変じゃない?」

　手を伸ばして色素の薄い髪の毛をくしゃっと掻《か》き混ぜると、御子柴は不思議そうに目をしばたたかせて顔を上げた。

「俺ならぜんぜん巻き込んでいいからさ。もしも彼氏役してたほうが都合いいなら、そのまんまでもいいよ」

「え、でも…………いいの?」

「うん」

(そんな俺だからできることもあるはずで)

「いいっていいって。まぁ、俺でいいならだけど」

　そう言って笑ってみせると、御子柴はとびきりの笑顔を見せてくれた。

「うん!　野宮がいい」

#4

寮内の自販機でジュースを買った御子柴《みこしば》は、すぐ横に設置してあるベンチで一服していた。

部屋に戻らないのは、今あまりにもだらしない顔になっているから。

(野宮《のみや》が彼氏♡　彼氏役だけど彼氏♡♡♡　どうしよ、顔がにやける〜〜♡)

「柴って、野宮のこと好きだよな」

「!!?」

喜びにひたっていたところ、突如ど真ん中へ投げ込まれた火の玉ストレートに、御子柴は目を白黒させた。

「ツッツッ!?　みやっ、宮井《みやい》……っ、ななな、なんでッ!?」

いつからそこに？　なんでそのことを？　俺、うっかり口にだしたりしてないよね？

あまりにも御子柴のうろたえぶりが凄《すさ》まじかったせいか、逆に話題を振った宮井のほうが引いている。「本当にバレてないと思ってたのかよ、こいつは……」といわんばかりの表情だ。

「野宮には言わないでよ？　言わないで？」

ベンチの上でちんまりと体育座りになった御子柴は、蚊の鳴くような声で呟《つぶや》いた。

宮井も混ぜ返すことなく、「はいはい、言わない言わない」と返事をする。

「さ、さすがに無理なのはわかってるんだけどね。野宮、ホモ嫌いだし……」

（……まじかー。そうゆう勘違いしてるわけね……。どうりで……）

宮井からしてみれば、驚きしかない。

「でも、ドキドキしたり舞い上がっちゃうのは、自分でも止められないから。だからね、いっそアイドルの追っかけみたいに、届くとか届かないとか、そうゆうのはしまっといて」

何も知らない御子柴は、顔を起こして小さく呟いた。

「思いっきり、ドキドキしとくんだ」

自分を気にかけてくれて、困ったら助けてくれて、彼氏役を続けてもいいよって言ってくれて……そんなひとつひとつに胸をときめかせるくらいは、許してもらいたい。

「せっかく好きになったのにもったいないもんね。ちょ、ちょっと下心もあるけどっ」

語尾をごにょごにょと濁《にご》らせて、御子柴はおそるおそる宮井のほうへと視線を移す。

「……こんくらいならいいよね……？　やばいかな……？」

「…………」

相談とも独白ともつかぬ告白を黙って聞いていた宮井は、御子柴に対してある種尊敬の念さえ抱きつつあった。

(柴って案外、根性すわってるっつーか……)

「あはっ」

と、不意に御子柴が気の抜けた笑い声を漏《も》らす。

「?」

「宮井、ありがとね。こんな恥ずかしい話、聞いてくれて」

「はい? お礼言うのは違くない?」

そもそも一石を投じたのは宮井のほうであって、御子柴は秘密を暴かれた側なはずだったのだが。

「そ、それもそうなんだけど。誰かに言えるとは思わなかったから」

どこか清々しい面持《おもも》ちで、御子柴は微笑《ほほえ》む。

「宮井がゲイでよかったよ」

そんな感謝のされ方は予想外だった——宮井は御子柴に「ド天然」と心の中で呟いて、

「そういやお前、中王子はどうすんの?」と尋ねる。

「そりゃ断固お断りしますよ」

御子柴はぐっと胸の前で握りこぶしを作り、改めて気合を入れた。

「俺、男なんで」

……とはいえ、中王子のアタックは激しかった。

「みっこ、しば、さぁ〜〜〜ん♡」

朝一番、学校の廊下《ろうか》で。

「付き合って♡」

「無理です」

短いトイレ休憩《きゅうけい》の合間に。

「好きだよ♡」

「困ります」

そして当然のごとく、ランチタイムの食堂でも。

「御子柴〜♡」

「〜〜〜っ、ごはんぐらい落ち着いて食べさせてよっ」

といった具合に、人がいようとお構いなし。御子柴のもとへすっとんできては、熱烈なアピールを繰り返す。

「あのですね！　知ってると思うけど、俺はね――、俺は、野宮と付き合ってるんです!!」

（わ――言っちゃった～～♡　ちゃんと野宮公認だもんね～～♡）

いざ堂々と宣言すると、思ったよりドキドキする。

御子柴はついついほころぶ口元を押さえ、改めて自分が口にした言葉を噛《か》み締めた。

「ぐう……自分で言って自分で幸せに浸るのやめて」

中王子は一瞬怯《ひる》んだ様子を見せる。

だが、野宮と御子柴の関係を信じたわけではないようだ。そのあと「そう言ったら俺が引き下がるとでも思ったのかよ」と言われた時にはギクリとしたし、食事を終えるまで、ずっと訝《いぶか》し気な視線にさらされたのには参った。


（どうしよう……）

知らず知らずのうちに、口から溜め息が漏れる。

放課後、御子柴はクラスで集めた提出用のノートを抱えて廊下を歩いていた。

傾きかけた日の光を受けて、窓枠《まどわく》がぼんやりと滲《にじ》む。

宮井にああ言ったものの、このままでは埒《らち》があかない。野宮が代役彼氏なのを疑っているとなると、あきらめるどころか攻勢を強めてきかねないだろう。

かりそめでも、「野宮と付き合っている」と公言できるのは嬉しい。

けれど──野宮に迷惑はかけたくない。たとえ野宮自身が、「巻き込んでいい」と言ってくれたとしても。

「半分持ったげる」

突然後ろから声をかけられたと思ったら、ひょいと手が伸び、半分ほどノートを摑《つか》みとっていってしまった。

見れば中王子だ。

「あ、ありがと」

なんの打算もない、ごく当たり前といった一連の所作《しょさ》に、わずかばかり身構えつつも御子柴は礼を言う。

(中王子……悪いやつじゃないんだけど、女子扱いだもんなぁ……)

彼の告白が、よくある悪ふざけでもからかいでもないのは、ちゃんと理解している。

(でも俺は、女の子じゃないから)

彼は自分のことを、女だと思っているから好きなのだ。

男の自分が好きなわけじゃない。

男なのにかわいいから？　だからきっと男ではなく、女なんだろうって？

いくら男子高校生の中では体つきが華奢《きゃしゃ》で、女子っぽい顔立ちだったとしても。どうあったって女の子にはなりえない。

胸の奥がもやもやする。

怒っているわけではなくて。ただなんとなく、やるせなかった。

「あっ」

うつむいた視界に飛び込んできたもの。

（うそ、これはちょっとすごいかも……）

「ん？」

一点を凝視する御子柴に気づき、中王子もその手元へと視線を落とす。

抱えたノートの一番上。表紙に記された名前は、『野宮竜斗《りゅうと》』。

困っている時、いつも手を差し伸べてくれる大切な人が、御子柴の腕の中にいる。

とてもとてもささやかな、けれど嬉しい偶然に、曇り空だった心が晴れてゆく。

御子柴は野宮の名を見つめ、そっと顔をほころばせた。


（ふんっ、ぜってーウソだね！　仲間内で話し合わせてるだけだろ。あきらめさせようっ

に。

御子柴の口から「野宮と付き合っている」と聞いた時だって、そう思っていたはずなのに。

（……納得いかねー。野宮のどこがいいってんだよ）

さすがの中王子にだってわかってしまった。あれは恋している人の顔だ。

射し込む西日に照らされて、まぶしいほどにキラキラしていた。

（野宮なんて）

けれど負けは認めたくない。中王子は必死に考えて野宮を観察する。

ある時は図書館で――。

「あとどれ？」

「となりの本、ありがと」

高いところの本を森下《もりした》に取ってやったり。

（ちょっと背が高いだけだし）

ある時は寮内で――。

「野宮くんがいてくれて助かっちゃったわ〜」

「まかして〜」

小柄な生徒が運んでいた大量の荷物を、軽々と担《かつ》いでやったり。

（体力バカなだけだし）

　またある時は食堂で――。

「からあげ三個オマケしちゃう」

「おばちゃんサンキュー」

　食堂のおばちゃんに、おかずをオマケしてもらって喜んだり。

（大食いだし）

　……基本全部いいところばかりではないか。

（とにかくでけぇだけだし!!）

「中王子、危ないっ！」

「！」

　そしてそんなでかさを活《い》かして、自分の後頭部に飛んできたバスケットボールをキャッチしてくれたりもする。

　中王子は自分の胸がキュンと鳴った――気がした。

（ぜっ、絶っっっ対、認めねぇえ――!!）

#5

「御子柴《みこしば》さんっ、どうしたら俺のこと見てくれますか？」

謎の危機感に襲われた中王子《なかおうじ》は、みんなの集まる談話室で、御子柴を壁に追いつめていた。

「な、中王子はなんでみんなのいる前でこうゆうことすんの？」

「うるせー！　俺だって恥ずかしいわ！」

たじたじで赤面する御子柴に尋ねられ、中王子も思わず頬《ほお》を赤らめる。

「でも二人きりだと、御子柴なんかちょっと怖がるだろ。俺は俺なりに真剣なんだよ」

細かいことはわからない。けれど、好きな子が自分と一対一で怯《おび》えるなら、本意じゃないからしない。

正々堂々、正面突破。それが中王子なりのやり方だ。

「中王子……」

そんな中王子の姿勢に少し心を動かされたのか、御子柴も表情を引き締めて応じる。

「……わかった、じゃあ俺も真剣に答えるけど、俺は男です」

が、中王子の求めている答えでは、まるでなかった。

「それだけはやめて」

中王子は青ざめてぶんぶんと首を振る。

「俺は女が好きなんだよ、ノーマルなの。男なんか好きになるわけないの。女の子だって言ってー！」

頭を抱えての絶叫に、しばらく後ろのソファで黙っていた野宮《のみや》が口を開いた。

「いい加減にしろよな。女、女って」

よりにもよって今一番のライバルといってもいい男に。

「なんだよっ、どうせお前だってかわいいとか思ってんだろ!?」

「思ってますけど!?」

「一緒じゃねーか！　えらそうに言うなッ」

「一緒だわ！　一緒だけど——」

ぎゃあぎゃあとひとしきりやりあったあと、野宮はいったん言葉を切り、ワントーン低く落ち着いた声で言った。

「柴は、ちゃんと男なんだよ」

女ではなく、女の代わりでもなく、男。

中王子は途端に怪訝《けげん》な顔になる。

「は？　じゃあ、お前は男だと思って付き合ってんのかよ。野宮、男もいけるわけ？」

「悪りぃかよ」

ごくごく当たり前のことのように、野宮は返した。

そばで眺めていた森下《もりした》がくすっと笑う。なんというか、「すっごく野宮感」だとでもいうふうに。

分《ぶ》が悪くなった中王子だが、それでも諦める気はない。

「そこまで言うんだったら証拠見せろ証拠……」

今度はそんなことを言いだした。

「今すぐここでチューしろチュー！　じゃなきゃ俺は認めねぇ！」

「小学生かよ！　バッカじゃねえの!!?」

これには野宮も、ソファの背もたれを踏みつけながら怒鳴り返す。

ただすぐに呆《あき》れた様子で、腰を下ろした。

「言ってろ。お前に認められようとかそんなん、どうでもいいわ」

挑発になど乗るものかと顎《あご》をしゃくった野宮だったが、急に横から伸びてきた手のひらに両頬を挟まれ、ぐいっと引き寄せられた。

え、と思う間もなく、唇を温かいものでふさがれる。

談話室、みんなの見守る中で——御子柴が野宮にキスをしていた。

衝撃のあまり、中王子が白目を剝《む》く。

「し、しば……？」

首に腕を回す形でぎゅっと抱きしめられた野宮は、動揺《どうよう》に声を震わせながら呼びかけた。

野宮から御子柴の顔は見えない。けれど触れる体温や呼吸、しがみついてくる腕の控えめな強さから、自分と同じくらいドキドキしているのが伝わってくる。

「お、俺は野宮が好きなんです……。最初は単純な理由だったけど、もう理由なんてどっかいっちゃうくらい好きなんだよ」

なにより、懸命に紡《つむ》がれるその言葉が、まっすぐ胸に届く。

「だから中王子、ごめん」

「……」

一瞬、ここがどこだとか、誰が見てるとか、そういうものすべてが、野宮の頭から吹き飛んでいた。

「柴」

ぐいと御子柴を引き寄せ、くちづける。「んっ」とかすかに苦しげで、でもかわいらしい声が聞こえた。

舌を差し入れ、口内を軽くまさぐって——恋人同士みたいなキスをする。

人前にもかかわらず、いつの間にか頭の中には御子柴のことしかなくて、ずっとこうしてたい……なんて夢中で思う。

ふたりの唇が離れる頃には、中王子は真っ白に固まっていた。

「……これでいいだろ」

正直なところ、ただ単に理性が行方《ゆくえ》不明になっただけだったのだが、あくまで挑戦を受けてやった体《てい》で、野宮は唇を尖らせる。今になってじわじわ恥ずかしさが湧いてきたものの、そこは開き直りでねじ伏せた。

談話室は男たちの歓声に包まれる。

「おお～～～～!!　野宮すげー！」

「まじでやったよあいつ」

「やるなー野宮」

面白がっている者、感心している者がほとんどの中、宮井は珍しく茶化すことなく黙って笑っている。

（……柴だけは演技だと思ってんだろうけど、まぁそれでも――）

視線の先には、信じられないといった面持《おもも》ちで頬を赤らめ、己の唇に触れる御子柴が。

（そりゃ、すっげーうれしいよな）

「中王子よ、そろそろ現実見とこうか」

なら少しはお膳立《ぜんだ》てしてやろう、と。宮井は御子柴の後ろに立ち、その肩へ手を置く。

「柴は胸ないし、ちんこついてるから」

そして片手で御子柴のシャツを胸のところまでめくり、もう片方の手でズボンをずり下ろした。

平らな胸とボクサーブリーフに包まれた股間《こかん》があらわになる。

「!!!」

すかさず振り返った御子柴からのビンタが、宮井の頬に炸裂《さくれつ》した。

「そんなの見ないもんね――!!」

そして中王子は両手で顔を覆《おお》い、現実から全力で目を背けていた。

「お前ホントはわかってやってんだろッ!!」

だが野宮のツッコミに、その手の下の顔がくしゃりと歪む。

「だって――だって、本当に一目《ひとめ》惚《ぼ》れだったんだよ……」

ミスコンのステージ上で、はにかみながら手を振る御子柴は、中王子にとってまさに理想そのものの、『可憐《かれん》でかわいい女の子』だったのだろう。

「それが男だったなんて、そんなのってあるかよ……」

ぽろぽろと瞳から涙がこぼれる。目と鼻を赤くして、中王子は泣いていた。

（まぁ、御子柴のあの女装はしょうがない……）とは男子一同、心の声である。

「あー……それわかる。俺も一緒だし」

励《はげ》まし半分、本音半分に、野宮も頷《うなず》く。

ミスコンの女装姿ひとつで恋に落ちたわけではなくても、「こんなにかわいいけど御子柴は男だぞ」――幾度となく心に釘を刺そうとしたり、「俺はホモじゃない」と必死に抗《あらが》ったり――。答えなんてわかっているのに、どうにか理由をつけて誤魔化《ごまか》そうとした。

「でも、まぁ。好きになっちゃったもんはしょうがねーって」

そう声をかけると、中王子は鼻を鳴らして涙をぬぐい、野宮の手を握ってくる。

どうもこの男、誰に対しても基本距離が近いらしい。

「……完敗だわ。完全に負けた」

呟《つぶや》いた中王子は、「御子柴さん」と小さな体に抱きついた。御子柴の体がビクッと竦《すく》んだが、野宮は止めなかった。

なぜなら、これはきっと中王子にとって、必要なことだから。

「はぁっ…………男の感触だ。現実だ……」

ぼんやりした鼻声。

「失恋だ――……」

こうしてひとつの恋は、無事（？）終わりを迎えたのだった。

各自自室へ戻ったあと、野宮はだらだらと変な汗を流しつつ床に正座をしていた。

——ベロ入れちゃいました。気づいたら入れてました。

なんかもう、やってしまいました。

(やばすぎるだろ俺。完ッッ全に無意識だった)

御子柴はというと、部屋に戻るなり二段ベッドの上段でタオルケットをかぶり、小さくなって一言もしゃべらない。姿を隠そうとしているのかもしれないが、二段ベッドというのは意外と低い造りなので、床からでも丸見えだ。

こんな時なので「かわいいオバケみたい」などとは、死んでも言えない。

だいたい、隠れたいのは物理的というより、気持ち的になのだろうし。ここは真摯《しんし》に謝るしかない。

「柴、ごめん！　本っっっ当にごめんなさい!!　ぶん殴《なぐ》っていいし、もうホント嫌だったら部屋替えて——……」

「っ！」

しかし野宮が両手を合わせ拝むようにして言うと、御子柴は身を乗り出して「だめ！」と叫んだ。「……それはやだ……」またすぐにタオルケットで顔を隠そうとするものの、どうやら同室拒否には至らないらしい。

「……は、恥ずかしいんだよ……！　そりゃ俺が先にキスしたんだけども……あんなことするなんて思ってもみなかった」

その言葉に、野宮は肩を落とし改めて謝罪する。

「うん、本当にごめん。自分でもびっくりだし。だから今もすげー不安だし。柴、そりゃ怒ってるよな、とか。すっげー嫌だろうなとか。……まぁ、いろいろ……」

怖がらせてしまったら、本当どうしようもないな俺とか。

嫌われたらどうしようとも思っているけれど、それよりもずっと、好きな人を傷つけるほうが怖い。

「………俺は、野宮なら嫌じゃないよ」

しばしの沈黙ののち、ボソッと小さな呟きが降ってきた。

「え」

野宮が目を瞬かせると、御子柴はおずおずと体ごと野宮のほうに向き直る。

「……ごめん。俺は、お礼言うところだよね。彼氏役、やってくれてありがとう」

そして眉尻《まゆじり》を下げ、「野宮が真剣にやってくれるから、さすがにドキドキした」とはにかんだ。野宮はふっと緊張がほどけた思いで、「俺も柴ちゃんの告白には超ドキドキしたよ」と笑い返す。

（（ていうか全然、本心なんだけどね――――！））

　というそれぞれの気持ちが通じるわけもなく、目が合ったふたりはドキッとするだけ。ただなんとなく、くすぐったい空気がある。

　その時、ドア越しに廊下《ろうか》を歩く生徒たちの笑い声が響いてきて、野宮も御子柴も大袈裟《おおげさ》にびくついてしまう。

　そうだった。ふたりきりといっても、すぐそこにはみんながいるのだった。

「さっ、さ、もう寝ようぜ」

「う、うん」

　ぎこちなく言ってベッドに転がり込んだ野宮は、両の手で顔を押さえてはぁ～っ……と長い長い溜息を吐く。

（よかった――――!!　怖がってなくて、ホントよかったぁぁあ!!）

　安堵《あんど》のあまり全身から力が抜けかけたところに、

「野宮」

　御子柴がベッドの上からひょこっと覗《のぞ》き込んできた。

「うおっ!?　な、なに？」

「あ、あのさ。もうちょっとだけ、彼氏してもらってもいい？　その、すぐやめたらへんだからっ」

何かと思えばそういうことか。

「お、おー。いいよ」

野宮としては御子柴がいいのなら断る理由など一ミリもない。すぐさまオーケーする。

「やったー」

御子柴はさも嬉しそうに笑うと、「そんじゃおやすみ」と引っ込んでいった。

「…………」

（ちょ、まって。「やったー」ってなんなの。え、べつに深い意味はないの？　意識しすぎ？　どうなのよ。さらっと爆弾落としてかないでーッ）

野宮の睡眠不足な日々は、もうしばらく続きそうだ。

一方。
──『ん、んぁ♡　……っ♡　はぁ、はっ』
「中王子よ……気のせいかもだけど、男同士の喘《あえ》ぎ声が聞こえるんですが……？」
机に向かっていた佐藤《さとう》がおそるおそる尋ねる。音の発生源は当然、中王子。先ほど散々痛い目に遭《あ》ったはずなのに、堂々とＡＶ鑑賞中の中王子である。

「おー、なんかめっちゃ悔《くや》しくてさ。俺、女好きだったけど、男好きにもなれば無敵なことに気が付いた」

（まじバカ王子——……）

謎の中王子理論は、世界一の難問かもしれない。

あとイヤホン差せや。

後日、「男子図鑑」中王子の名前の横に(受)というマークが出現したが、作成者の森下に野宮が訊いたところ、「僕の直感によるマル秘の分類記号」とかなんとか。

#6

今日も今日とて中王子《なかおうじ》は、スマートフォンでお気に入りのAV動画を堪能《たんのう》中だ。

ただ、これまでと少しだけ変わった点がある。それは——

（……前からちょろっと思ってたけど、女ってすげー気持ちよさそうだよなぁ……。やっべえよなー）

なんて考えながら、男同士のものまで観るようになったこと。

「なぁ、めっちゃ音漏《おとも》れしてるけど」

「ぴゃあ!!」

突如としてゼロ距離の背後から声を掛けられ、思わず裏返った悲鳴が上がる。

「のっ、ののの、野宮《のみや》っ!?」

「お前、こんなとこでAV観てどうすんの？」

ここがどこかというと、寮の自販機スペースなのだが——。

「ど、どこで観ようと俺の勝手だろ」

「まぁそりゃそうだけどもー」

あまり頓着《とんちゃく》しない二人だった。

そもそも年頃の男子が集まっている寮だ。グラビア雑誌や写真集を持ち寄って、ああだこうだ盛り上がるのと大差ない。

(野宮じゃん、野宮じゃん！　つーか)

それよりも、中王子には気になることがあった。視線がつい下へとおりる。

「野宮ってちんこもでかそうだよな」

「お前、頭だいじょうぶ？」

全力で引かれた。

しかし先日の一件以来、男と男のアレコレも再生リストに加えた中王子にとっては、猛烈に興味がある。

「ちょっと見して。ちょっとでいいから～」

「普通に嫌だわ」

野宮の腰に巻きつき引きずられながら嘆願《たんがん》する中王子は、いつもどおりピンピンしていて元気そのもの。

しかし、寮内ただいま体調不良者続出中――プチ・パンデミック状態に陥《おちい》っているのであった。

「ごめんね～」

両手を合わせつつ涙目で眉尻を下げるのは、養護教諭の熊田《くまだ》先生。がっしりボディにキュートな髭面《ひげづら》、そして親しみやすい人柄で、みんなから「熊ちゃん」と慕《した》われている。

「まじすか……」

野宮は熱でふらふらの御子柴《みこしば》を支え、その熊田先生に助けを求めてやって来たのだが
──状況は思わしくないようだった。

「みんな風邪《かぜ》が流行《はや》っちゃってて、個室のベッドが一杯なのよ～……。自宅に帰れる子は親御さんに迎えに来てもらってるんだけど……」

「柴は北海道なんです」

「無理よね～」

遠方からの生徒も多い、寮特有の悩みだ。

「ちょっと待ってて、第二寮に空《あ》きがあるかも……。確認してみるわね……！」

「あの！」

慌てて連絡を取ろうとする熊田先生に、野宮は思わず申し出た。

「俺、部屋で看病しますよ」

しんどそうにうつむいていた御子柴が、野宮の言葉にゆっくり顔を上げる。

「それはダメよ。あなたまでうつっちゃうもの」

基本的に相部屋ということもあり、寮で体調不良者が出た場合は、同室の生徒に差し障《さわ》りがないよう、休養室か空《あ》き部屋に移動することになっている。ましてや今回のように伝《う》染《つ》るものなら尚更だ。

「大丈夫ですよ。ホント滅多《めった》に風邪引かないし、体力には自信あるんで」

「でもね〜」

渋る熊田先生を前に、御子柴は野宮のパーカーをきゅっと握ってきた。

「のみやがいいなら、のみやのとこがいい……」

さらにかすれ声で呟《つぶや》き、寄りかかってくる。

もう立っているのもつらそうなので、本当はそれどころではないのだけれど、野宮は思わず顔を赤らめてしまう。

「あらやだ、かわいい♡　やっぱりこうゆうときは心細いのかしらね〜」

熊田先生はコイバナ中の女子高生のごとく目を細めると、野宮の肩を叩いた。ドゴッと鈍い音がする。

「アタシこうゆうのに弱いのよ〜」

かくして野宮の肩と引き換えに——はなっていないが、「いいこと？　無理だけは禁物よ」と注意の上、野宮は御子柴の看病をすることとなった。

（サンキュー、熊ちゃん）

野宮は心の中で感謝しつつ、御子柴を背負って廊下《ろうか》を歩く。

（普段なら柴だって「迷惑になるから」って断るだろうけど、弱ってるせいかな）

なんだか妙に嬉しかったりして。

（うしっ）

気合を入れる。頼られたからには、しっかり面倒を看てあげたい。

ふたりの部屋に戻ると、野宮は本来自分の寝床である二段ベッドの下へ御子柴を寝かせ、額に冷却シートを貼ってやった。

「よし、これでオッケー。上登るの大変でしょ。俺のベッド使ってていいから。なんかあったらなんでも言って」

「うん……」

（わぁああ、野宮のベッドだぁ。野宮のにおいだぁ〜。こんなときでもドキドキする〜）

野宮に寝かしつけられた御子柴だったが、平静でいられるわけがない。こっそり忍び込んだこともあるベッドに今、自分が堂々と寝かせてもらっている。それだけで胸がドキドキと落ち着かなかった。

「あの、野宮……。わがまま言ってごめんね」

ただ、申し訳ない気持ちも、もちろんある。また自分の都合で野宮を巻き込んでしまった。

「俺が言い出したんだし気にすんなって。それにさ、もし今度俺が風邪引いたら、看病してもらうから」

しかし野宮はさわやかに笑う。

（野宮、好き〜〜〜）

こんなの、悶《もだ》えずにいられないではないか。

（やばいよなぁ、俺……。どんどんあぶなくなってる気がする……。取り返しがつかなくなったらどうしよう……）

ゴホゴホと苦しい咳《せき》の下。

（野宮のベッドだからかな……。きっとそう。そうしとこう）

ボーっとするのに、御子柴の頭は野宮のことでいっぱいだった。

（野宮、野宮）

「のみや」

「ん？　呼んだ？」

静かな部屋、不意に響いた呼び声に、野宮は顔を上げてベッドのほうを見る。御子柴の反応はない。そばに寄って覗《のぞ》き込むと、すーすーと寝息をたてて眠っていた。

（……なんだ、寝言《ねごと》か）

咳も出ているようだったし寝つけるか心配だったけど、よかった。

そう思っていると、もう一度御子柴が小さく声を漏らした。「……き」。

「……野宮、好き……」

えっ。

（なになになに夢!?　夢見てんの？　出てんの俺!?）

心臓が跳ね上がる。

――そりゃ、夢に意味なんてないっていうけどさ。

野宮は熱で火照《ほて》った御子柴の顔を見つめ、そうっと指の背で頰《ほお》をさする。

「どんな夢見てんのよ、柴ちゃん……」

そして顔面へ血が上るのを自覚しながら、勘弁してくれとばかりに布団へ突っ伏した。

「野宮いるー？」

「っきゃ――――！」

そこへ突然、ノックもなしに森下《もりした》が入ってきた。

寮生活あるある、ノックは基本しない。

「なななななに⁉」

悲鳴を上げてうろたえる野宮を見て、森下は「……なんか邪魔したね？」と微笑《ほほえ》んだ。

今よからぬ誤解が発生した気がする。

「そうゆうんじゃないから、ホント全然！」

思わず騒いでしまい、野宮は慌てて御子柴のほうを窺《うかが》った。一緒に森下も覗き込んできたが、起きる気配はない。

「よく寝てるね」

「おー。薬も飲んだし、あったかくして寝てろってさ」

「じゃあちょうどよかったかも。はい、これ」

そう言って森下が差しだしたのは、ふんわり湯気のたつ紙コップ。

「玉子酒だよ。カゼにいいみたい。瀬古《せこ》くんが売ってたから、御子柴くんにと思って」

寮生活あるある、商売をはじめる奴がいる。

ちなみに瀬古特製『ばあちゃんの知恵、カゼのときの玉子酒』は一杯百円だったらしい。

「いろいろアウトだろ。あいつ商機逃さねーな……」

「用はそれだけだから帰るね。うつりたくないし」

「森下、ありがとなー！」

お大事にー、と手を振り、森下は帰っていった。

(にしても、これ結構酒くせーけど大丈夫かな……)

野宮は手にしたカップに鼻を近づけて、においを嗅《か》いでみる。まあ同級生が作ったものだ。そこまで問題はあるまい――。


(って、やっべ――！　やっっっっべぇぇ――!!　大丈夫じゃなかった――!!)

あのあと、目を覚ました御子柴に玉子酒を飲ませたところ……。

御子柴は、完全に出来上がってしまっていた。

体に力が入らないのか、紙コップを取り落として「あ、落ちちゃった」なんて言っているし、目は熱っぽくとろけて潤んでいる。

(とろんとろんしてるんだけど!!　かわいすぎんだけど――!!)

それでもって無防備にも野宮をぽーっと見つめてくるのだから、たまらない。色っぽくない!?　俺だけなの!?　そう見えてんの——混乱と興奮で目が回りそうだ。

「柴ちゃん飲んだら寝ようねっ。おでこのあとで貼ったげるから」

（これは世に出しちゃダメなやつ……封印しとこう。どうにかなってしまう。主に俺が……っ）

理性を総動員して御子柴を寝床へ押し戻した野宮は、ぐっと己の股間《こかん》を押さえつけた。

（しかもちょっと勃《た》ったし……。最悪かよ俺）

病人相手にこれは、罪悪感がひどい。

（いったん部屋出よ……）

クールダウンしなければ——。野宮が腰を上げた時だった。いつの間にかまた起き上がった御子柴が、腕をぎゅっと首に回し抱きついてきた。

「え」

「野宮〜、野宮だぁ〜。野宮のにおい好き〜〜〜」

ひどくご機嫌な様子で身をすり寄せてくる御子柴に、野宮は困惑を隠せない。

「はい〜〜〜？　ちょっと……っ、柴、酔ってます？」

酔っ払いに酔っているか訊いたところで、なんの意味があろうか。御子柴は嬉しそうに野宮に顔を近づけ——ちゅっと、キスをした。

「……っ！」

しかもそのまま、何度も、何度も、何度も。

「柴ちゃ……」

唇に触れるだけのかわいいキスだ。それでも——

（なんなの、ホント。柴ちゃんとろとろだし。なんかキスしまくってくるし。俺はさっきから勃起《ぼっき》やばいし）

無理だろ、これ。

表面張力でギリギリ保っていた水があふれるように。野宮は御子柴の後頭部を抱き寄せる。体重をかけたベッドが軋《きし》む音がした。

乾いた唇を割って、熱い口内へ舌を差し入れる。ぬる、と粘膜《ねんまく》同士が触れあう感触に、体の奥から突き上げるような衝動が湧いてくる。

「んぁ」

舌を絡めて吸ううち、御子柴の口から甘ったるい声がこぼれた。ふたりとも無言だ。ただはぁはぁと荒い呼吸だけが部屋に響いている。煮えたぎる感情そのままに、野宮は御子柴をベッドへと押し倒す。みっともないほど張りつめた股間が、痛くて痛くてしょうがなかった。

「野宮……」

夢うつつな御子柴に、名前を呼ばれた瞬間——、

(俺!!!)

野宮は弾かれたように身を起こした。起こして、ベッド上段にしたたか後頭部を打ちつけ、床に転がる。だが悶絶《もんぜつ》もそこそこに、呆気《あっけ》にとられた様子の御子柴へ布団を掛けると、前かがみで部屋を飛び出した。

「うおっ」

数分後、紙パックのジュースを飲みながら歩いていた宮井《みやい》は、廊下《ろうか》で胎児《たいじ》のごとく身を丸めて転がる野宮に遭遇《そうぐう》した。

「なにしてんの、お前」

しかもしくしく泣いている。

「勃起しすぎてちんこが痛い……」

「は?」

肩を貸し、すぐさまトイレに押しこんだ。しばらくして出てきた野宮はベンチに座り、すっかり意気消沈の模様である。

「ううっ、柴ちゃんでヌいてしまった……」

(柴でもあったな。この状況)

自ら首を突っ込んでいくことも多いとはいえ、なぜかこのふたりのドタバタに巻き込まれがちな宮井だった。

「まぁ、気にしなくてもいいんじゃね？　お前以外にも余裕で使われてんだろうし、とっくにドロドロだろ」

「やめて。そうじゃない」

慰めにならない慰めに突っ込む余裕もないのか、野宮はどんよりとした溜息を吐く。

「俺いよいよやばいかもしんない。柴、男なのに。そうゆうの怖がってんのに、全然ダメだわ」

「止まんねー」。そう絞《しぼ》りだす野宮の顔は、完全に男のそれだ。ダメだってわかってる。葛藤《かっとう》はある。でも、好きな子と一緒にいたら、我慢なんてできない。

(ふーん、そうゆうわけか……。こいつら同じ勘違いしてんのかよ)

アホくさすぎておもしろすぎんだけど——！

「ぶふっ」

「笑うとこ？」

野宮の言うこともっともだが、宮井からすれば笑いたくもなる。

止まんねー
ふ〜ん
そうゆうわけか…
こいつら同じ勘違いしてんのかよ
アホくさすぎておもしろすぎんだけど──!
ぶふっ
笑うとこ?
つーか、柴のこと好きだって言ってるようなもんだぞ お前
おー
なんか知んないけど気づいたらすげー好き

「つーか、柴のこと好きだって言ってるようなもんだぞ、お前」

「おー」

御子柴はともかく、野宮から御子柴へのストレートな好意の言葉を、宮井は聞いたことがなかった。今日、今この時までは。

「なんか知んないけど、気づいたらすげー好き」

「ははっ、はっきり言うじゃん。お前らしいっつーかなんつーか。まぁ、お前なら大丈夫だろ。俺が保証する」

思ったとおり。でも思った以上。

「くだらねーから行くわ」

「根拠なんもね〜」

野宮のぼやきを背に受けながら、宮井は言ってろとばかりにもう一度笑った。


（ホント根拠もクソもねーな）

野宮は自室への道をとぼとぼと歩きながら思う。

——でも誰かに「好き」っての白状して、すっきりした。

（とはいえ、宮井の奴、適当なこと言いやがって……）

俺らしいってなんだよ。俺は必死に本性隠しながら生きてんですけど——！

（どうか、柴が起きたらさっきの暴走を綺麗《きれい》さっぱり忘れてますように！）

ドアの前に立ち、手を合わせて拝む。とにかく今は看病に集中だ。部屋へ入ったら、あとは何事もなかったかのように普通にする。薬を飲ませ、冷却シートを貼り直して、食堂でおかゆをもらってくる。

（きっと柴も俺のこと、助けてくれるヒーローだとか、そんなふうに思ってんだろうな――）

ごめんね。いつのまにかただのエッロエロですよ。

#7

そうして数日後――。

（なんかちょっと疲れたな……けどまぁ）

「あっ、36・7℃になった」

体温計を見て、御子柴《みこしば》がパッと顔を輝かせる。

（柴ちゃんが治ってよかった……）

次から次へと襲ってくる思春期の煩悩《ぼんのう》を、気合で組み伏せ投げ飛ばす――まさに百人組手のような時間だった。御子柴に対するよからぬ感情だったけれど、ほかならぬ御子柴のためだからこそ我慢できた。なんだかおかしな話だ。

「野宮《のみや》、本当にありがとう。熊《くま》ちゃんにも報告したほうがいいよね。俺、行ってくる」

急ぎ立ち上がった御子柴だったが、まだ病み上がりのせいか不意に足元がふらつく。

「わっ、と……ご、ごめっ」

細い体が、ちょうど正面に立っていた野宮の胸に倒れこんでくる。御子柴は「よろけたー」と恥ずかしそうに笑ってみせた。

（柴……。ほんとすっぽりだよなぁ……）

いくら野宮が同年代でも体格のいいほうとはいえ、御子柴はそれより一回り以上小さく、腕に軽く収まってしまう。

（俺みたいのが暴走して襲ったりなんかしたら――……）

ぼーっと考えたところで御子柴に抱きつかれ、野宮は思わず首を傾《かし》げた。

「？」

「……野宮。ホントの本当にありがとう。前から思ってたんだけどね、野宮って安心する」

全幅の信頼を寄せた表情で、ほやほやと笑いながら御子柴は言った。よりにもよって、御子柴を好きで好きで仕方ない男の胸に顔をうずめながら。

（――ああ、もう）

「柴ちゃん」

鎮まったはずの熱が、再びじりじりと全身を焦がす。

「あんまし、安心してもらっちゃ、困るんだけど――」

細い体を強く抱きしめ返すと、御子柴は戸惑ったように「のみや……？」と耳元で呼びかけてきた。

ついに耐えられず、野宮は御子柴と一緒にベッドへと倒れこむ。

「のっ、野宮？　どうしたの……？」

顔が触れあうほどに近い。ほんの少し唇を寄せれば、そのやわらかい頰《ほお》にくちづけられそうなくらい。

——体が熱い。

「のみ……」

「柴ちゃん、俺……俺——」

御子柴がなにか覚悟したように目をきゅっとつむったのは、野宮からは見えなかった。

なぜなら——

「俺、熱あるかもしんない……」

「えぇっ!?」

意識がそこで途切れてしまったから。

「のみや、しっかりしてっ、のみやっ」

「38・2℃」

体温計に表示される無慈悲《むじひ》な温度。

「やっぱりうつっちゃったわね、野宮くん。あれだけ自信満々だったのに、よっぽどじゃないのよも〜〜」

熊田《きまだ》先生の言葉に、横になった野宮は力なく笑っている。さすがに言い返す気力もないようだった。

（ど、どうしよう……）

御子柴はとてもうろたえていた。

（そりゃうつっちゃうよね、俺のバカ――!!）

なにせあれだけキスしまくってしまったのだ。御子柴はその時のことを、そこそこ覚えていた。

「の、野宮ごめん……。俺のせいで……」

「平気平気。看病するっつったの俺だし」

ひらひらと手を振る野宮。

「そうじゃなくて、あのっ」

自分から打ち明けるのは恥ずかしいにもほどがあるが、自分のせいなのだから仕方ない。

「と、とんでもないことしてごめんね……。ごめんじゃすまないと思うけど……」

「ええっ!?　柴ちゃん覚えてんのっ!?」

心からの謝罪を籠《こ》めた爆弾発言に、野宮は思い切りむせた。

「……なんで覚えてんのよ〜……。忘れとこうよそこは……」

「俺だって忘れてたかったよ……」

ふたりとも両手で顔を覆《おお》って、しばし赤面の反省タイムになってしまう。

「と、とにかく責任あるので、俺が看病しますっ」

「はい却下《きやつか》♡」

意気込んだ御子柴だったが、速攻でダメ出しが入った。

「言うと思ったわダメよ〜。そうなったらエンドレスじゃないの〜。あなたは他の子の部屋に避難させてもらいなさい」

「でもっ！」

なおも言い募《つの》ろうとする御子柴に、熊田先生は「でももクソもねえわよ♡」とぴしゃりと返す。

「これ以上はアタシがおこられちゃう」

「野宮〜、ごめんね〜……」

そのまま御子柴は米俵《こめだわら》よろしく熊田先生の肩に担《かつ》がれ、野宮から引き離されたのだった。

「野宮……」

森下《もりした》の部屋に居候《いそうろう》となった御子柴は、窓に張り付き数分おきに溜息を吐いていた。

森下は「これは結構なことがあったね」とワクワク顔でその様子を眺めている。

（野宮大丈夫かな……。フラフラだったよね……）

御子柴が抱きついたあと、立ってもいられなかったのか抱きしめてきて、ベッドに押し倒されて――。

（めっちゃドキドキした!!　すっごいドキドキしたっっっ!!　今思うと不謹慎《ふきんしん》でしかないけども……っ）

窓ガラスに額をごんとぶつけながら、御子柴は青くなったり赤くなったり忙しい。

（乗っかられて重かったし、全然動かせなかったし。もしも他の人だったら、きっと怖かったかもしれないけど……）

そこまで考えて首を振る。

頭の中こんなことばっかりで、だから酔ってあんなことをしちゃうんだ。自分がこんな人間だったなんて――。

（野宮はいつも心配してくれるのに。それなのに俺は）

唇を噛《か》み締める。

「森下っ、俺やっぱり……」

「はいはい行ってらっしゃい」

みなまで言わずとも察してくれたらしい。森下は快《こころよ》く部屋から送り出してくれた。

——そうなんだ。自分でも引くぐらい。

（えっちでえっちな人間でした——!!）

廊下《ろうか》に誰もいないか確認をして、こっそりと御子柴は野宮のいる自室を目指す。

（……ラブね♡　困った子♡）

その背をそっと見送る熊田先生には気づかないまま。

「野宮」

無事部屋に滑り込み小声で呼びかけると、野宮はうっすらと目を開いた。

「え、柴……？　なんで……」

「具合どう？　つらくない？」

「マスクしてきたから大丈夫」と申し訳程度にアピールして、御子柴は野宮の火照《ほて》った顔を覗《のぞ》き込む。普段は下ろしている前髪を掻《か》き上げ冷却シートを貼っているので、なんだか印象が違って見えた。

そもそも、こんなふうに弱っている野宮自体が初めてだ。

「なにか食べられる？　おかゆ作ってこようか？」

「え、あ。うん……」

尋ねると寝起きのかすれ声でちゃんと返事があったので、御子柴はすぐさま「待って！」と厨房《ちゅうぼう》へ走った。味つけは白だしと塩の、シンプルな玉子がゆ。二十分ほどで出来上がり部屋に持って戻ると、野宮は起きて待っていてくれた。

「たぶんできてると思うんだけど……」

「おお〜。すげ〜」

「ちょっと熱すぎたかな……？」

野宮がやけどしてしまわないか心配で、御子柴はスプーンにすくったおかゆにふーふーと息を吹きかけ冷ます。

「はい」

ほどよい温度になったのを見計らって、スプーンを野宮の口元へと差しだすと、ぷっと噴きだし「やるような気がしてた」と笑われた。

——言ってるそばからまたやってるし!!

「そ、そうだよね。自分で食べられるよね……」

なにナチュラルに「あーん」しようとしているのか。つい気持ちが先走ってしまった御子柴は、顔を赤らめる。

けれど野宮は宙に浮いた手を摑《つか》んで引っぱるやいなや、ぱくりと食いついてきた。

「……うん。味覚死んでるけど、たぶんうまい」

「野宮……」

どことなくぼんやりとした、ろれつの回りきらない言い方。

それでもおいしいと言ってくれたことが嬉しくて、胸が高鳴る。

「柴ちゃんはさ」

野宮は少しだけ語気を強めて続けた。

「柴ちゃんはさ、お酒弱いの？　酔うとああなっちゃうの？　誰にでもなの？」

御子柴は答えに窮《きゅう》してうつむいてしまう。

（野宮……やっぱ怒ってるよね……）

ただでさえ彼氏役をお願いして面倒に巻き込んでしまっているのに。いろんな意味で軽《けい》率《そつ》だった。

（覚えてたってことは意識はあったわけだし、たぶん野宮だからだと思うんだけど……。そんなこといえないよ――……）

「じゃあ、約束して。お酒には気をつけるって」

黙ったままの御子柴に、野宮は優しく、けれどはっきり言う。

「誰にでもああなるっていうなら、俺が嫌だから」

困るとかではなく、「嫌だ」――？

その言葉に、一瞬だけ頭が空白になる。

御子柴の喉元《のどもと》まで、熱いなにかがせり上がってきた。

「野宮っ、俺ね……っ」

思わずそれがあふれそうになったところで、野宮がごほごほと咳《せ》きこみ始める。

「だ、大丈夫？」

そうだ。野宮は病人なのだった。慌てて背をさすろうとすると、野宮は「それ以上近寄っちゃダメ」とばかりに、下げていた御子柴のマスクを掛け直し、微笑《ほほえ》んだ。

「おかゆ、ありがとね。食べとくから柴は部屋出てな。さすがに風邪《かぜ》はもうこりごりだよ」

「……そうだね」

野宮も御子柴も、自分たちは今、同じことを考えているんじゃないか――という予感があった。

お互い普段以上に迂闊《うかつ》すぎで、頭ではいろいろわかっているのに、だんだんブレーキがきかなくなってきている気がする。

部屋から出たあと、御子柴はしばらくそこから動けなかった。

「……いいなぁ。野宮……」

しかし寮の男連中は呑気《のんき》なものだ。

「俺もあんな風に看病してもらいたい……」

「自分だって病み上がりなのに。御子柴、健気《けなげ》だよなぁー」

「あれが彼女ってやつか……」

などと言いたい放題であった。

男子寮生活あるある、男でもいいか……ってなるときがある。

「いやいや、お前ら大丈夫ですか？」

比較的硬派で通っている森下の同室——岩間《いわま》が、後ろから冷たい一言を放つ。

「あのなぁ！　俺なんて面倒みてくれたの熊ちゃんだけだぞ⁉」

「同室の奴に菌《きん》扱いされるだけよ⁉」

「俺らはそんなモンなんだよ！　悲しいことに！」

数人がかりでの哀愁《あいしゅう》漂う抗議に、さすがの岩間も「俺が悪かった」と謝罪せざるを得ない。さらに彼らは御子柴のほうへ駆け寄り、「今度俺も看病して！」「俺もっ」「おかゆ作って！」と直訴《じきそ》を始める。

「い、いいけど」

「女神か」

「まじナイチンゲール！」

野宮も結構看病やってたろ……と思う岩間だが、口には出さないでおく。

御子柴はというと、ドサクサの「ナース服着て♡」というお願いだけは、「無理」とバッサリ断っていた。

「御子柴くん。そろそろ部屋に帰っておいで」

「あっ、森下」

様子を見に来た森下に、御子柴はふと気になって尋ねてみる。

「そういえば宮井《みやい》はどうしたんだろ？　ぜんぜん見ないけど」

「宮井くんも風邪だよ。めずらしいよね」

「え」

ちょっと前までは元気そうにしていたのに。

「宮井くん寮長だから一人部屋でしょ？　部屋で寝てるみたい」

「――……」

どうりで姿を見かけないはずだ。御子柴はひとり納得してから、ならば――ともう一度厨房へ向かった。


「宮井、起きてる？」

鬱陶《うっとう》しい咳を繰り返していたところで急にドアが開き、ひそひそ声で呼びかけられた。

「……なに」。宮井は暗い部屋に射し込んだ光のほうに顔を向けて答える。低くかすれた声だった。

「あの、起きれそうだったら、おかゆとか食べる？」

「は？」

「あはは……なんか俺、おかゆ当番になっちゃって……。宮井もどうかなーって」

(なんかふつうにできてるし……)

御子柴特製のおかゆを目の前にした宮井は、驚いたような感心したような気持ちでそれを眺める。

「お前そのうち『あーん♡』オプションとか付けられてそうだよな」

「そ、それはもうやりません」

御子柴の反応は実にわかりやすかった。

(野宮でやったなこいつ……)

病の身にノロケはこたえる。思わずジト目になる宮井だった。

けれどその視線には気づかないのがなんとも御子柴らしい。

「それじゃね、お大事に。また様子見にくるから」

わざわざおかゆを届けるため、一人部屋の自分のところまで来たのか。お前だって病み上がりだろうに、まったくとんだお人よしだ――。普段なら厭味《いやみ》や茶化す言葉のひとつもでただろうが、宮井は「サンキュー」とだけ呟《つぶや》いて、小さく笑った。

ちょうどお腹も減っている。ぱくっと一口食べてみる。

「うま」

心からの感想だった。

――こうして、パンデミック騒動は無事に終息に向かっていたのだけど――？


部屋で眠っていた野宮の意識は、額のひんやりとした感触によって浮上した。

（……あ）

柴ちゃん、おでこの替えてくれたんだ……。

すぐそこに御子柴の気配がする。静かな衣擦《きぬず》れの音と、加湿器のしゅんしゅんという音が、妙に安心する。

（柴ちゃん、柴ちゃん）

……そうだ。今なら……。寝言《ねごと》のふりなら言えるかもしれない。あのときの柴みたいに。

思うのとほぼ同時。

「柴、好きだよ」

その言葉は野宮の口からこぼれでていた。

ぎゅっと一度、強く目をつむる。

――『なあんだ、寝言かあ』

御子柴は笑っているだろうか。自分は寝言でも嬉しかったけれど――と、薄目を開けて窺《うかが》ってみると。

振り返った御子柴は、まっかになっていた。

野宮の心臓がドキッと跳ね上がり、つられて頬《ほお》に熱が集まる。

「えっ」という顔で御子柴が目を丸くする。しまった。起きているのがバレてしまった――。気づいても、もう遅い。

「えっ、え。のみや?」

狸寝入《たぬきね》いりするわけにもいかない。どうにかこの場はとりつくろうにしても、御子柴の表情に、野宮の心は揺れに揺れる。

「柴ちゃん……」

やっぱり予感がある。

たぶん、そろそろ、誤魔化《ごまか》すのは限界かもしれない。

#8

宮井《みやい》はうんざりしていた。

「もしかしたらもしかしてって思うけど……」

ある時は野宮《のみや》が。

「でもやっぱり勘違いでもしかしなかったりって思うと……」

そして、ある時は御子柴《みこしば》が。

「怖くて言えないんだけど、宮井どう思う――!?」

それぞれ別に相談を持ちかけてくるのである。

「さぁ……?」

(知ってるけど知らねえよッッッ!!!)

俺は恋の個別指導講師じゃねーんだぞ！　アホくせーっ！

本日の相談から逃れた宮井が、ひとり匙《さじ》をぶん投げている頃――寮内ではいつもの光景が繰り広げられていた。

「うそつき——!!」

響き渡る叫び声。

「なにが人助けだよ。なにが世のためだよ」

ふんわりゆるくセットしたおさげ髪に、ボリュームスリーブニットとチェックのロングスカート、ショートソックスにスニーカー姿の少女が、こぶしを震わせている。

「俺はもう怒りました……っ」

知っている人なら声を聞けばすぐわかるだろうが、知らない人が見たら普通に女性だと見間違えるかもしれない。

「もう女装なんてしてやんないから——!」

「みっ、御子柴くん～ん」

その正体は、男の娘《こ》マニア美作《みまさか》の手により、またもやかわいく変身させられてしまった御子柴だった。

しかし彼女……ではなく彼は、スカートの裾《すそ》が派手にまくれるのも気にせず、猛然と走り去ってゆく。

「……やっべ。完全に女子に空目《そらめ》した」

「俺も。走り方でギリ男感」

「御子柴、どんなネタで騙《だま》されたんだよ……」

毎度ながら寮生もざわついている。

「あいかわらず御子柴の女装のクオリティ、えぐいよなぁ。そりゃ野宮もやられるわけだわ」

「野宮か〜。でも実際のとこどうなのあいつ。まじでガチなわけ？」

そんなやりとりを、当人たちは知らない。


「おー柴ちゃん、おかえりー。人助けってなんだったたん……ぶっ」

スマートフォンで動画を見ていた野宮は、帰ってきた御子柴を見るなり噴きだした。

「しししし、柴ちゃん!?　なにその格好。なんで女装してんの？」

慌てて鼻を押さえる野宮に、御子柴も若干《じゃっかん》気まずい気分で「騙された……」と返す。

こんな姿、あまり人様には見られたくない。だって男なのに。

「そ、そっか」

けれど野宮はじーっと御子柴の姿を凝視している。

「……野宮？」

それに気づいた御子柴が声をかけると、野宮はごくごく自然に、

「あ、うん。なんか柴ってやっぱ、かわいいよなーって……」

などと答えた。不意打ちのストレートな賞賛に、御子柴は顔を赤らめて言葉を詰まらせる。

野宮はすぐに「やべっ!!」という顔をして、「なっなに言ってんだろね、俺っ!?」と焦りだした。

「――……」

御子柴はどこか釈然としない気持ちで黙り込む。野宮はこちらの機嫌がかすかに傾いたのを敏感に察知したようだった。「あれ？」という顔で見上げてくる。それを見ると余計にやるせない気持ちが増した。

「……着替える」

「お、おー。どうぞ……」

(野宮……)

もしかしたら、もしかしたりして、って思うけど。

(でも、もしかしたら。野宮は男子校のせいでおかしくなってるだけかもしれないって)

「……」

御子柴は腕の中の女物の服を眺め、胸に抱く。とりあえず返してこよう……と廊下《ろうか》を歩

き出した時。

「あ――！　ちょっとあんた！」

「「あんただよ、あんた」」

後ろからクセの強い二人組に呼び止められた。

「え？」

「御子柴、あんたこないだ宮井くんの看病したんだって？」

「困るよね～」

「え、えっ？」

そろってずいと迫られ、あまりの迫力にあとじさる。どうやらこの間のパンデミックで、宮井の部屋におかゆを持っていったことを言われているらしい。

「知ってる？」

「抜け駆けはしないって暗黙のルールがあるの」

「し、知りませんでした……」

（そんなことより、気づいてたんなら誰か看病してあげたほうがよかったんじゃ……）

御子柴は心の中で至極《しごく》まっとうな反論をしたが、ふたりの勢いが凄《すご》すぎて、とてもではないが口には出せなかった。

「とにかくわかった？　みんなの宮井くんなんだから」

「ほんとそう。ちょっと可愛《かわい》いからってあんたね～」

あっこれネチネチいびられるのかな？　と御子柴がすっかり萎縮《いしゅく》していたところに、

「おいブサブサ」と容赦《ようしゃ》ない声が飛んでくる。ブサブサとは、この熱狂的な宮井ファンである二人組——延里《のぶさと》と渋沢《しぶさわ》の呼び名だ。顔がそっくりなせいもあり、並ぶととにかく圧が強い。

「「!!　そ、その声は」」

そんなブサブサが目の色を変える相手といえば、もちろん——

「「宮井くぅ～～～ん♡」」

宮井その人だった。

「お前ら、なにやってんの。柴はただの友だち。お前らとは違うんだよ。ちょっかいだすな」

「でも～～」

食い下がるふたりに対し、宮井は御子柴の頭に手を乗せ、

「大体こいつ、野宮以外興味ないから」

と言い放った。

「「確かに」」

なぜかふたりも即座に納得して退散してくれた。

「宮井、ありがとね」

「つーか、なにそれ。お前また女装させられてんの？」

「あ、うん。あはは……」

宮井の指摘に御子柴は力なく笑う。

「さっきね、野宮に。か、かわいい――って言われて、内心ちょっと嬉しかったのに」

宮井は「またいつものノロケかよ」とばかりにジト目になるが、御子柴の表情が明るくなったのはほんの一瞬だけだった。

「でもなんだか複雑な気持ちにもなっちゃって……。……へんだよね」

どうしてこんなにモヤモヤするのかわからない。

宮井はそんな御子柴を見ながら思う。

（……それって、やっぱ柴は本当に本気で好きなんだろうな）

――野宮、お前どうすんだよ。

そんな宮井の呼びかけを、野宮が知るはずもない。


談話室には、今日も今日とてみんなが集まっている。

そんな中、大声を張り上げ野宮を拝んでいるのは中王子《なかおうじ》だ。

「野宮、頼む〜〜!!」

「なんだよ中王子。ちんこなら見せねーよ」

「違うわ!!　それはそれで見たいけど。正直なところ」

などというジャブにしては性癖《せいへき》をこじらせすぎな会話はともかく、中王子は真剣な様子だった。

「頼む！　今度のバスケの試合、助《すけ》っ人《と》に来て!!　再来週の土曜！」

「はいぃ？」

野宮は思わず素《す》っ頓狂《とんきょう》な声を上げて眉尻《まゆじり》を下げる。

「お前、そこはふつう補欠とかでいくだろ……」

バスケ部ならそこそこ部員もいるはずだ。

「いかないんだよ。足りねぇのよ。模擬試験が重なってて、出れないやつが多いんだよ〜」

しかしなるほど、高校生らしい理由があった。確かに模試とかぶってしまってはごっそり人も減るだろうし、補充しようにも難しい。

「野宮バスケすげーうまいじゃん。それに試合っつっても練習試合だし。だから……」

いまだかつてないほど必死な様子の中王子に、野宮は「まぁ、そうゆうことなら」と頷《うなず》いた。後ろではふたりの様子を眺めていた他の生徒たちも、「なになに試合なん？」「応援行ってやろうか?」と話しあっている。

「別にいいよ。さすがに勝てる気はしないけど」

「いいの!?　あっさり!?」

「おー。お前、困ってんでしょ」

そう笑いかけると、中王子は涙を流さんばかりの勢いで、「野宮、抱いて!!」と叫んだ。

当然、そちらは丁重にお断りした。

というわけで、野宮はその日からできるかぎり練習を重ねた。スポーツ系の部活には入っていないのだが、実はトレーニング部という『部活はしたくないけど体を動かしたい人』に人気な部のメンバーなので、体はしっかり鍛えている（ちなみに宮井も部員だ）。

付け焼《や》き刃《ば》ではあるものの、出るからにはそれなりの戦力になるように――。シュート練習に励む折、御子柴が見学にやって来て、タオルやドリンクの差し入れをくれたのは百人力だった。

いよいよ試合当日――中王子と野宮の応援のため、桐浜《きりはま》高校御一行は都心にある体育館を訪れた。

「女子だ！」

「あっちにもこっちにも、女の子がいる！」

「女子高生だ――!!」

「第二体育館は女子校のバレーの試合だって」

一ノ瀬《いちのせ》、二階堂《にかいどう》、三村《みむら》の三バカトリオは、目を輝かせて大騒ぎ。野宮はすっかり呆《あき》れ顔だ。

「どうせ目的はそっちだろうと思ったわ……」

「うるせー！　俺らにとって出会いは貴重なんだよ」

さすが森下のワンポイントメモに、「モテないかんじの三人組だよ」と書かれるだけある。

しかし御子柴はそんな彼らなぞおかまいなしに、野宮へとエールを送る。

「野宮、がんばってね」

「お、おー」

「お前らみたいにイチャついてるやつにはわかんねーだろうけどなッ!!」

男子高校生、魂の叫びだった。

そうこうするうち参加組と観戦組に分かれ、御子柴たちは二階の手すり付近に陣取った。

試合が始まり、体育館はいよいよ熱気に包まれる。

野宮がボールを持ち、ドリブルでコートを切り裂いたかと思うと、右手から追ってきていた中王子に鋭いパスを出す。それを受けた中王子は、すぐさま体勢を整えてシュートを決めた。

とても急ごしらえとは思えない連携プレイに、ギャラリーも盛り上がる。

「野宮、即席の割には結構やるじゃん」

「中王子やっぱうめーな」

「つっても負けてるけどな」

「そこはしゃーない」

みんなが口々に感想を述べあう。野宮もクラスメイトの存在に気づいたようで、白い歯を覗《のぞ》かせピースサインをしてみせてきた。

「バーカ、負けてんだろー」

「がんばれや」

容赦《ようしゃ》ない三人組の野次が飛ぶ。御子柴や宮井も一緒に笑って応援していると、隣から「きゃ〜♡」と黄色い歓声が聞こえてきた。

「今の人、かっこよくない？」

間違いなく野宮を指しての声に、御子柴は思わずそちらへ目を向けた。セーラー服姿の女子三人が、口々に「かっこいい」を連呼している。

「ていうか全員かっこいい♡」

「そうなるよね」

「がんばれ～」

その姿を見るなり、当然モテたい男子たちは色めきたつ。

「おっ、女子だ」

「相手の学校のコだろ」

「いいな～。やっぱ応援されるなら女の子がいいよな～。中王子、野宮すまん」

二階堂が溜め息を吐き、

「なんで男子校来ちゃったんだろな、俺。むなしい……」

と呟《つぶや》いた時。

「わ――ん、むなしいよ～。やっぱ共学行けばよかった～～～」

「知らない男子の応援しててもー」――と、彼女たちのうちのひとりが騒いだ。

「……え？」

「えっ？」

お互い、顔を見合わせる。

「あっ、あの。ボクたち男子校です。あっちのチームです」

「あ、私たち女子校……。男子見たくてこっちの応援来ました。部外者です」

「…………」

「…………」

これは完全に『そういう』流れだった。

#9

「ではでは。そんなわけで惜しくも敗退しましたが、善戦を許しまして」

試合後、御子柴《みこしば》たちは会場近くのカラオケボックスにいた。

「かんぱ～～～い！」

男子五人、女子三人。ドリンクを手に持ち向かい合って座る。そこへ合流した野宮《のみや》は、「……なんでこんなことになってんの……？」と怪訝《けげん》な顔だ。中王子《なかおうじ》に至っては「お前らなにしに来たんだよ、応援は!?」と怒っている。

御子柴は先ほどから口数が少ない。その場のノリに合わせて笑ったりドリンクを配ったりはしているものの、一番端のほうで時おり浮かない表情を浮かべていた。隣の宮井《みやい》はそれを横目で窺《うかが》い、おおよその原因を察している様子だった。

「ねーねー、やばいよね」

「やばいね、桐浜《きりはま》高校だってさ」

男子チームがいったん作戦会議に立ったところで、女性陣は嬉しそうに話しあう。

「めっちゃ頭いいじゃん」

そう。彼らのいる男子校は進学校。こう見えて、頭は良いのだ。

「宮井様～、頼むから帰ってくれよ。ゲイだろ、用ないだろ～。お前に集中すんだよぉ～」

「バカか。宮井が帰ったら、女子のみなさんも帰っちゃうかもしんないだろ」

「イケメンならまだ中王子がいんじゃん」

「あいつは頭はいいけど、中身アホなの。そんなんすぐ見破られるって、相手女子だぞ!?」

「女子かぁ～～」

……こんな会話をしているが、一応、たぶん、頭は良いはずなのだ。

ついでに男子校あるある――女子を知らなすぎるせいで、『女子ならこれくらい容易にできるのでは――!?』と能力を異様に高く見積もりがち。

「ごめん、遅くなったー」

そこでさらに新たな女の子ふたりが合流し、場はいよいよにぎやかになった。

「二人ともバスケかっこよかったよ～。目立ってたー」

やはり練習試合での活躍もあって、話題の中心はまず自然と野宮と中王子になる。

「野宮くんて身長いくつあるの？　大きいよね」

「たしか一八五とかそんくらい」

「でかっ！」

気さくでよく笑う子たちなのもあり、話は弾んだ。

ただ、なにぶん人数が多い。御子柴は途中で避難のため、空《あ》いてるソファへと移動した。

「柴、どした？」

それを見つけた野宮が席を立ち、隣へと腰かける。

「あ、ごめん。俺あんまりこうゆうの得意じゃなくて……」

「はは、そんな感じだな。じゃあ、はい。ポテト」

野宮はいたずらっぽく笑うと、バスケットに盛ってあったフライドポテトをつまんで御子柴の唇に押し込んできた。

「むぐ」

「てきとーに食ってようぜー。俺すげー腹ペコ」

いつもと変わらぬ明るい笑顔に、御子柴もつられて笑う。

（野宮……共学だったらどんな感じなんだろう）

ドリンクを選ぶ野宮の横顔を、ぼんやり眺めながら考える。

（宮井とか中王子みたいな、派手な目立ち方はしないかもしれないけど。でも、きっと）

誰か、俺みたいに――……。

御子柴は試合中の彼を眺めていた女の子たちの姿を思い返す。「かっこいいよね」という甘くてかわいらしい響きが耳に残って、胸がずっとチクチクしている。

「あのー」

不意に向こうの輪の中にいたひとりの少女が立ち上がり、野宮と御子柴に声をかけてきた。

「隣、いいですか？」

ふたりともあんぐりするほどの、美少女。キラキラのオーラが見えるようだった。最初はいなかったので、きっとあとから合流した子に違いない。

「私、八尾《やお》っていいます。なんか二人って仲良いかんじするね」

「あ、うん。寮の部屋も同じで……」

「へ～」

興味津々《しんしん》といったふうに八尾は相づちを打ったあと、じっと御子柴を見つめて尋ねる。

「ていうかキミ、男の子でいいんだよね……？　わかる、わかるんだけど……っ」

どうやら女子から見ても、性別を疑いたくなる容姿らしい。御子柴はなんともいえない気分で「男です」と答えた。

すると耳ざとくそのやりとりを聞きつけた一ノ瀬《いちのせ》が、「そーなんです！」と割って入ってきた。

「この御子柴、男子校ならではのピンチにいろいろ出くわすのですが、こちらの野宮がそのピンチからいつも救ってくれるのです！　男前でしょー」

言った。

「わ～そうなんだ。そうゆうのかっこいいね」

冷静に「何キャラなんだよお前は」などとツッコミを入れる野宮に対し、八尾は楽しげに身を乗りだして聞いている。それから野宮のほうへと視線を送り、臆することなくこう言った。

「私、もっと野宮くんのこと、知りたいな」

「おお～～～♡」と周りから声が上がる。「すげぇ」「野宮ずり～」「八尾さん積極的っすー」と浮かれた男どもがはやしたてた。

「お、俺ぇぇ～？」

野宮はというと、完全に予想外といった様子だ。なんで自分なんぞを名指ししてくるのかさっぱりわからない――そんな口ぶりだった。

「なんか優しそうだし。大事にしてくれそうだもん」

八尾はそんなところも素敵、とでもいわんばかり。

「だから友だちから見てどんな人なのかなーって、教えてくれる？」

長い睫毛《まつげ》に縁取られた大きな瞳が、野宮から隣へと移動する。

「ねぇ、御子柴くん？」

「えっ。あ、えっと……」

どこから見ても、完璧《かんぺき》な――細くて、やわらかそうで、いいにおいのする『女の子』。

そのあまりに遠慮《えんりょ》なくまっすぐなまなざしに体がすくみ、御子柴はとっさにうつむいた。

友だちから見た――自分から見た、野宮のこと。

いつのまにか八尾だけでなく、さっきまではわけがわからないといった表情だった野宮の視線も、御子柴に注がれている。

「の、野宮はやさしいし、頼りになるし、困ったら助けてくれるし」

一度話しだすと、するすると言葉がでてきた。

たくさんしてもらったことがある。

まだ全然親しくなかった頃、襲われそうになった自分を守ってくれた。

みんなが茶化して笑うようなところでも、本当に困っていたら、ためらいなく「やめろよ」と止めてくれた。

こっちの都合で巻き込んで、たくさん迷惑をかけてしまっても、彼氏役をこころよく引き受けてくれた。

一緒にいてくれるだけで――、

「そ、そばにいると安心するし。心地いいっていうか……」

そうだった。言葉にすると、いっそう実感する。

そうなんだなって、確かな形になってゆく。

「あと、それから……」

野宮のいいところなんて、いくらでもある。

(どうしよう)

そりゃ、野宮のこと、気になる人いるよね。俺だけなわけないよね。

御子柴はようやく理解する。

──『もしかしたら。野宮は男子校のせいでおかしくなってるだけかもしれないって』

ずっと小さな棘《とげ》のように、心に刺さっていた不安。

自分はどんな場所にいても、絶対に野宮を好きになってしまうだろうけれど……野宮はきっと、そうじゃない。

「だからきっと、野宮と付き合ったら──……」

言葉にすると、形になる。なってしまう。

(野宮、付き合っちゃうのかな)

そんなの、

(そんなの、やだよ……)

それ以上は声にならなかった。喉《のど》に詰まったものが、目から雫《しずく》になって転がり落ちる。

「あ……」

ぽろぽろとあふれてきた涙に自分自身驚いて、御子柴は目元を指先でなぞり小さく声を上げた。

「御子柴……」

　みんな戸惑ってる。せっかくの楽しい場所なのに、こんなのはダメだ。空気を悪くしちゃう——御子柴はとっさにごしごしと目をこする。

「ご、ごめん。あの、俺、今日ずっとコンタクトの調子悪くて……。だから、その、かっ……。……帰ります」

　消え入るように呟《つぶや》いて、鞄《かばん》をひっつかみ、顔も上げられぬまま部屋をまろびでる。

「柴っ！」

　野宮の声が聞こえたが、振り返ることなんてできなかった。


　立ち上がった野宮に、宮井が声をかける。

「野宮、俺が行こうか？」

「いや、いい」

　野宮は不思議と落ち着いていた。自分のことは自分で、きちんとする。

　そのためにはまず——。

「八尾さん」

「！」

呆気《あっけ》に取られていた少女の目を見て伝える。

「ごめん。俺、好きな子いるから」

あとはやるべきことなんて、ただひとつだ。御子柴を追って、全力ダッシュ。

そんな野宮を、「ひゅーひゅー♡」という学友たちの声が見送る。

「野宮はガチか、やっぱ」

「決まりだなー」

宮井は何も言わないが、静かに息をついたところを見ると内心ホッとしているのだろう。

置き去りにされた八尾は目をぱちぱち瞬かせ、

「え、え、え……？」

「もしかして、あの二人って……？」

と尋ねた。三バカトリオはこくこくと頷《うなず》く。

「俺たちも今、本気度を確信しました」

「悪気はないです」

が、意外にも八尾は両頬《りょうほお》を押さえ、「きゃ～～♡」と歓声を上げる。

「ふられちゃったけど、プラマイプラス～」

どうやら彼女、腐女子でもあったようだ。

ごめん
俺、好きな子いるから
だっ

（ああ、もう。なにやってんだろ……。泣くなんて自分でも思わなかった。コンタクトなんてしてないし、絶対ヘンだよ）

さて、カラオケボックスを飛び出してきた御子柴は、目と鼻を赤くしたままとぼとぼとひとり帰路についていた。

帰路、といったって、戻るのは癪だ。いずれ野宮だって帰ってくる。

（どうしよう。どうやって誤魔化《ごまか》したら……）

「柴――！」

その時、街の人混みをはばかることなく、背中から大きな呼び声が聞こえた。

振り返ると、夕焼け色の街並みの中、髪が乱れるのも構わず野宮が駆けてくるところだった。

「野宮……」

「は～～～。よかった、追いついた」

おそらく全速力で走ってきたのだろう。野宮はバスケの試合後さながらに、大きく深呼吸を繰り返している。

「……」

野宮がここに来たということは、あの場を――あの女の子を置いてきたということだ。

御子柴はかすかに眉根《まゆね》を寄せて、野宮を見上げた。

「やーもー、逃げてきたわ。女子となにしゃべったらいいのか全然わかんねーし」

困り気味に笑い、野宮は言う。

「なんで……だって、あの子」

野宮のこと、好きなんだよ。

「あー、まぁ……ね。でもさ、たぶん無理だよ」

なのに、なんで。そんな、なんでもないふうに笑うの。

「あんなかわいい子からしたら、俺なんていろいろ相当ダサいだろうしな。いいのいいの」

「……っ」

「さー、行こうぜー」

(野宮……。きっと、俺の様子が変だったから……)

でもこういう時、野宮は「お前のため」なんて絶対に言わない。

今までだって、ずっとそうして助けられてきた。

「はぁ～。もっと食っとけばよかったな。腹減った～」

努めて呑気《のんき》な声を上げて歩き出した野宮の背を、御子柴は懸命に追う。

（野宮ごめん、ごめんね。でも俺は——……）

「……野宮。ちょっとこっち向かないで」

「へ？」

「いいから」

「あ、うん……」

とっさに振り向こうとする野宮を制して。御子柴は覚悟を決め、きゅっと唇を噛《か》みしめた。

「の、野宮は、かっこいいんだよ」

「し、柴……？」

再度肩越しに後ろを見ようとしてくる野宮の頬は、心なしか赤く見える。

「前見てて。……だからね」

言葉にしたい、と思った。

「この先も、野宮のこと、かっこいいっていう女の子がいるんだと思う。絶対いる」

今、伝えたいんだ。この気持ち。

言葉にすると、形になる。やっぱり俺、そうだったんだって、確信する。

「だから。だから、まだ」

ああ、いったい俺ってばどんな顔してるんだろう——御子柴は恥ずかしさに野宮の背から目をそらしながら思う。火を噴くんじゃないかというくらい頬が熱い。きっとまっかになっている。さっき泣いたし。

「まだ、誰のものにもならないでよ」


「……すごいこと言うね」

野宮が体ごと御子柴のほうを向いた。

「……こっち見ないでって、言ったのに」

「うん」

もう視線でも言葉でも、野宮を押さえることはできなかった。

「顔まっか。かわいい」

そういう野宮の顔も、なぜかまっかだ。

「か、かわいいって言われても、嬉しくない。俺、女の子じゃないし」

女装してかわいいって言われた時も、嬉しくなかった。

……いや、野宮に褒《ほ》められて、「かわいい」と言われたのは、正直嬉しかった。

でも、女子の姿になったから意識してもらえたのだと思うと、すごく複雑で、なんだか泣きそうな気持ちになった。

（女の子にはなれないし――……）

決してなりたいわけじゃないのに、野宮にふさわしいような女の子がうらやましくて、怖い。

野宮は何も悪くない。野宮なりの純粋な誉め言葉だというのもわかっている。

もどかしさと自己嫌悪に視線を落とすと、野宮の長い指がすっと額にかかった髪を撫《な》でた。

「俺は柴のことかわいいって思うけど、女の子の代わりだとかは一度も思ったことないよ」

まるで胸の中をぜんぶ見透かしたように。穏やかな声音《こわね》で、だけどきっぱりと、野宮は言った。

ちゅ、と御子柴の唇に温かいものが触れる。

一瞬のことだった。

あれ？　俺、いまキスをされた？　と思った頃には離れていた。

夕暮れの街がきらきらと橙色《だいだい》に輝いている。ちょうど野宮の背では踏切の遮断機《しゃだんき》が持ち上がり、人々がそちらに向けて流れてゆくところだった。

野宮は妙におとなびて嬉しそうな笑みを浮かべると、御子柴の頭をくしゃっと撫でる。

「寮、帰ろうぜ」

破顔《はがん》する野宮は、もういつもの野宮だ。

それきりふたりとも、しゃべらなくなってしまったけれど。

御子柴の胸は、まばゆいほどの感情とともに、トクトクと駆け足気味の鼓動を刻んでいる。

もしかしたら――、いやきっと、野宮も同じなんだと、今なら素直にそう思えた。

#10

「よー。コンタクトの調子はどうですか？」

夕食後、談話室でタブレットを見ていた御子柴《みこしば》に、いじわる顔で話しかけてきたのは宮《みや》井《い》だ。

「……わかってるくせに」

むっと眉《まゆ》をひそめてみせる御子柴だが、あの場では迷惑をかけてしまったので、あまり強くは言えなかった。

「野宮《のみや》は？」

「今さっきシャワー室行ったよ」

御子柴の返答を聞き、ならばとばかりに宮井が続ける。

「お前、もう言ったら？」

「え？」

「野宮がさ、もしもお前のこと好きになったとしても、あいつは絶対に自分から手ぇ出したりしないんだよ」

　宮井の表情は先ほどと打って変わり、真剣だ。

「理由は、お前が一番わかるだろ。男に襲われまくってるお前を助けてきたのは、野宮なんだから。だから、柴からいくしかないんだよ」

　御子柴にとっては目から鱗《うろこ》の話だった。

　言われてみれば確かに――。でも、そもそも野宮が自分のことを、自分と同じような意味で好きになってくれるなんて予想だにしなかったので、そういう考えがすっぽり抜け落ちていた。

　秘めておこうとばかり思っていたけれど。

「お前、全然隠せてないしなー」

「う……」

　確かに。さっきのだって、半ば告白のようなものだったし。

　宮井は御子柴の髪をぐしゃっと掻《か》き混ぜ、「まぁ万が一ふられたら、俺がもらってやるよ」だなんて言って颯爽《さっそう》と去っていった。

「もー……また適当なこと言ってるし」

　御子柴は苦笑する。

（でも、宮井の言うとおりかもしれない……）

そんな一部始終を陰から覗《のぞ》いていたのは、宮井の熱烈ファンであるブサブサコンビ。

「なにあれ。頭くしゃくしゃした〜」

「なんなのあいつ、ホントに友だち〜?」

何かをひらめいた様子のふたりは、ひそひそと耳打ちをしあう。御子柴は声をかけられるまで、それに気づかなかった。

「御子柴ー」

「あ、ふたりとも……どうしたの?」

「ボクたち、野宮にあんたを呼んできてほしいって頼まれてて」

「えっ、野宮が?」

野宮の名前を出され、御子柴はそのままシャワー室まで誘導される。

「でも、野宮は今シャワーしてて……」

なにかおかしいと思いつつ、ふたりのほうを振り返ったところで——。

「いいの」

「とにかく呼んでるんだから、つべこべ言わずに」

「とっとと入れってば!!」

強く肩を押された。

「宮井くんはああ言ってたけど、すこしでも危険因子は潰しとかないとね♡」

悪役令嬢ばりの笑顔で、バイバイと手を振ったブサブサコンビが言う。

「さっさと野宮とくっついちゃえばいいんだよ」

スローモーションのように世界が回る。

シャワー室のドアは鍵《かぎ》なんてかからない。押せば開くザル仕様だ。よろめいた御子柴は、自重に負けて中へと転がり込んだ。

バタンという音に、シャワーを浴びていた野宮が振り返る。当然、服は着ていない。

「え、え、えっ。し、柴……!?　なんで!?」

「ち、違っ、なんか押されて、入れられてっ……！」

突然のことに、気が動転してうまく説明できない。しどろもどろになりながら後ずさった御子柴は、濡れたタイルで足を滑らせた。

そして見事、野宮の胸に顔から突っ込んだ。

ぶ厚く柔らかく、温かい。

（野宮、めっちゃいい体――!!）

本来ならばそんな場合ではないのだが、欲望に忠実な感想しかでてこなかった。心臓も爆発しそうだし、血があっちに昇ったりこっちに集まったりえらいことになっている。

そしてそれは、当然野宮も同じだった。

「あの、あんまし触んないで……」

いったん御子柴を引き剝《は》がし、とりあえず腰にタオルを巻く。恥ずかしいのもあるが、危機対策だ。

「あっ、ごめん、すべって。靴下《くつした》だからっ？　どうしようっ」

御子柴は御子柴ですっかりパニックのようで、生まれたての子羊よろしく踏ん張りながら震えている。

「あんま動くとすべるから……」

放っておけずその肩を摑《つか》んだ野宮だったが、眼下に広がった光景にすぐ手を離してしまった。

（つーか、濡れてるし透けてるし、エロくね——!?）

野宮は腰にタオル一枚。

御子柴はしっとりと濡れた部屋着を肌に張り付かせた姿。

好きな子とシャワー室でふたり、何も起こらないはずはなく——!!

（や、やばい。無にならないと。無に……）

野宮は膨張《ぼうちょう》しそうな股間《こかん》をさりげなく押さえて念じる。

乳首が透けてるのはきっと絶対気のせいだし、水を含んだ髪を掻き上げる御子柴の仕草が色っぽいなんて思ってない――――！

と、支えていた手を離したせいで、今度こそ御子柴は滑ってその場に座り込んでしまった。

「だっ、大丈夫⁉　立てる？　つかまって……」

「う、うん」

しかし、御子柴の眼前にあるのは野宮の下半身。

（なんで腰つかむんだよ――っ‼）

がしっと腰にしがみつかれた野宮は、両手で顔を覆《おお》い天を仰《あお》いだ。

「ごめっ、ごめっ……！　どこつかまったら……っ」

場は混沌《こんとん》としている。極《きわ》めつけに、タオル越しに主張し始めていた野宮の元気なアレが、御子柴の視界に入ってしまった。

「ぎゃ――‼」

「ごめんなさいごめんなさい、ごめんなさいッッ！　せっ、生理現象‼　不可抗力、不可抗力だからっ！　柴だからってわけじゃないからっ！」

いやおかしいだろ。そもそも生理現象の対象に男が入っている時点でおかしい。

だがもっとおかしいのは、それを聞いた御子柴の表情が、なんともいえないものになったことだ。

少し切なくて……ちょっと悲しげにも見える顔。

（あーもーなんなの、その顔……。自分でわかってんのかな。わかってないよな絶対）

――ねぇ、なんでなの。「柴だからだよ」って言ったら、どんな顔すんの。

御子柴が自分を憎からず思っているのはわかってる。野宮はくらくらする頭で考える。そうじゃなければ、さっきのような言葉は出てこないはず。

でも、こういうのは、御子柴にとってアリなのか。

男に手を出されて、傷ついた経験がある御子柴に――。

「野宮……？」

急に黙りこくったせいか、御子柴が不安そうに見上げてくる。

それを見たら、もうどうにもたまらなかった。

（俺、もう理性、飛びそうなんですけど）

ぐっとその体を抱きしめる。熱い体がぴたりとくっつく。

（やばい。やばい。やばい、無理。どうやっておさめろってんだよ、これ）

あんなに嬉しいこと言われて、独占欲見せられて、それでこんな密室にふたりきりなんて、我慢できるわけない。

「の、野宮……。あた、あたってる……っ」

御子柴の興奮と驚きに上ずった声が、耳元に響いた。

(死ぬ。死んだ)

どうしよう。

(ちょっとでも動いたら、腰振りそ――……)

理性の糸が焼き切れそうになった寸前、どんっ、という轟音《ごうおん》とともに、シャワー室の仕切りが揺れた。

「おい！　お前らアッツ!!」

聞こえてきたのは中王子《なかおうじ》の怒声だ。

「なに急に静かになってんの!?　まさかヤってんの!?　ヤってんのかコラ――!?」

どんどんと壁を連打しながらの絶叫に、野宮の頭の中がスーッと冷めてゆく。

いったん、シャワー室は静まり返る。

「「ヤってません」」

気まずい空気をまとったまま、そう弁明しながら野宮と御子柴は個室を出る。

隣のドアからは、気が気ではない様子の中王子が半身を覗かせていた。

「……柴ちゃん。先、部屋に帰ってて。俺、このままじゃ行けないし」

髪や体もちゃんと洗い流せていないし、何より若気の至りを鎮めなければ。

「あ。う、うん。わ、わかった」

すると御子柴も状態を察して、頬《ほお》を赤らめつつ頷《うなず》く。

慌てて去る御子柴を見送り、野宮は盛大な溜息を吐いた。

「中王子……マジで助かったわ」

中王子の中王子が全開になっているのは、この際どうでもいい。野宮は心の底から感謝した。取り返しのつかない過ちを犯してしまう前で、本当によかった。

「お、おう。つーか、それやばくね？」

いっぽう中王子は、野宮の盛り上がった股間を見て挙動不審になっている。

「あー、うん。ヌいてく」

力なく答えた野宮に呼応するかのように、力尽きたタオルがはらりとほどけて床に落ちた。

「野宮、お前……。ホントに日本人ですか？」

やる気が半減してもなお、圧倒的な質量をもってそこに屹立《きつりつ》する野宮のブツを見て、中王子は心なしか劇画調じみた表情で唾《つば》を飲んだのだった。


御子柴は一足先に部屋へと戻ってきて、ベッドに腰かけ考えている。

（どうしたらいいのかな。ふつうにしてたらいいのかな。きっと野宮も、ふつうにしようとするよね。そうだよね）

そうしたほうがいいんだろうけど。

けれど、もうあそこまで気持ちを伝えてしまった。

そして野宮も少なからず応えてくれた。

ドアが開く音がする。

「あ、野宮……」

「――……」

野宮はすっかり元通りの姿になっていた。Tシャツとハーフパンツのシンプルな格好でもわかるたくましい体に、またも胸がドキンと跳ねる。

（やっぱり、ふつうになんて。俺もう無理――）

「えっと……。柴、ごめん。なんかいろいろが暴走しました……」

やはり、なるべくこれまでと同じ関係を保とうとしてくれる――。

「……野宮」

けれど御子柴は、野宮の名を呼び、話を遮《さえぎ》った。

「さっきの続き……」

喉《のど》がからからに干上《ひあ》がりそうだ。

「中王子が止めなかったら、どうなってたの……？」

野宮の両目が、かすかに見開かれたのがわかる。

焦ったように視線を逸《そ》らし、彼は口元に手を当ててもごもごと言った。

「ちょ、柴ちゃん。それ、どうゆう意味で言ってんの……」

そんなの、決まっている。御子柴は野宮の体に両腕を回し、ぎゅっと抱きしめた。

「柴……っ」

「続き……」

なんてことをやって、言っているのだろう。そう思うと一気に頬へと血が昇る。

でも、合わさった胸からは、もうひとつ大きな鼓動が伝わってきている。

「……柴は、男が怖いんじゃないの……？」

「うん。怖いけど……でも」

そんなの、ずっと最初から――

「野宮だけは、平気……っ」

「……っ」

野宮の顔が、紅潮してくしゃりと歪んだ。

宮井に言われたことを思い出す。

――『男に襲われまくってるお前を助けてきたのは、野宮なんだから。だから、柴からいくしかないんだよ』

野宮なら、野宮だから、いいんだって。わかってもらいたい。

御子柴は野宮の頬を両手で包み、唇を重ねた。一度触れると、止まらなかった。舌を差し入れ、熱を分けあう。気づけばふたりとも夢中になっていた。

「柴……っ」

荒い息の下、野宮が御子柴の名を呼ぶ。

「野宮、してよ。もっと」

御子柴は頬に添えられた手を握り、甘い吐息とともに切羽詰《せっぱつ》まった声を上げた。

「もっと、して――……」

#11

「野宮《のみや》、もっとして——……」

首へと巻きついてきた腕に誘われるまま、いっそう強く細腰を抱き寄せる。

御子柴は目を閉じ、鼻から甘い声を漏《も》らしながら、一心にこちらの唇を味わっている。

もうされるがままといった様子だ。

「柴……」

混ざる呼気が燃えるように熱い。薄目を開けると、向こうも熱に浮かされとろんとした表情で、名を呼び返してきた。

「野宮ぁ……」

きっと自分は今、獣みたいな顔をしてるだろう。

途方もない興奮と愛《いと》しさに衝《つ》き動かされるまま、好きな子にキスをしている。

「んっ」

どれくらいの間、そうしていたかわからない。

突然、腕の中の体から力が抜け、その場にへたり込んでしまった。

「し、柴……？」

慌てて声をかけると、眉根《まゆね》を寄せた御子柴はシャツの裾《すそ》を引っぱり、必死にまたぐらを隠そうとする。

「ご、ごめ……た、勃《た》っちゃった……。ト、トイレ行ってくる……っ」

そしてそのまま、部屋から小走りで出ていってしまった。

「……柴もやっぱ、男なんだな」

思わず呟《つぶや》いた野宮は、「なんだか安心した」とひとりごちた。

あまりのかわいさに、つい男であることを忘れがち——というのももちろんあるけれど、相手も自分と同じく、身も心も昂《たかぶ》ってくれていたんだということに、ホッとした。

（つーか、男とかそんなの、もうとっくにどうでもいいっ!!　すげー好き!!!　柴が戻ったらちゃんと言おう！）

野宮がそんな決心をするいっぽうで、御子柴もまた、決意を新たにしていた。

（あーもー野宮好き～～～!!!　言う言う言う、絶対言う！　これなんとかしたら言うっ！）

戻ったら、好きだってちゃんと告《い》うんだ——!!

ふたりの部屋のドアが開く。

「柴っ、俺……！」

だが、立ち上がった野宮の前に姿を現したのは、

「野宮、大変だよ！」

意外にも森下《もりした》だった。


寮の廊下《ろうか》は不穏なざわめきに包まれている。

「ついにこんなことが張り出されるとはなぁ」

「まじかー」

「男子寮らしくなってきましたねー」

生徒たちが注目しているのは、食堂に設置された掲示板だ。

「なに。なんなの。どうしたの？」

森下に連れられ野宮が顔を出したとたん、みんな一様に「お、野宮」「野宮だ」と声を上げた。

ドクン
ドクン
ドクン
戻ったら
好きだってちゃんと
告《い》うんだ——!!
ドクン
ドクン
ガチャ
ごくっ
ばっ
柴っ
俺…!

「いや〜。よくよく考えるとすげーもんだわ。お前の理性」

歩み寄ってきた二階堂《にかいどう》が、野宮の肩を叩いた。

「はい？」

野宮はなにがなんだかわからないまま、首を傾《かし》げる。

「聞いて驚け。第2寮の奴らがやらかしたらしいよ」

続いたのは衝撃的な言葉だった。

「同室同士で、セックス未遂《みすい》」

「野宮。部屋にいないから……」

そこへ不思議そうな顔をした御子柴がやってくる。

「柴……」

よりにもよって、こんなタイミングで——。

「……ちょうどいい。そろったな。野宮、御子柴」

ふたりが揃うのを待ち構えていたかのように、ひとりの男性教諭が腰に手を当て立ち塞《ふさ》がった。

「お前たち、付き合っているそうじゃないか」

「——……」

一瞬、野宮も御子柴も、言葉を失ってしまう。

他の生徒たちも、固唾《かたず》を呑《の》んでふたりを見つめている。

どうしよう。

なにか、なにか言わなくては——。

「あ……。あの、えっと、俺たち……」

野宮はこぶしを握り、口を開いた。

でも、どう言えばいい？　好きな気持ちは本当だけれど、御子柴は傷つけたくない。それに、これは間違いなくバレたらマズイやつだ。

その時だった。

「先生」

凍りついた空間に、静かな一声が響く。

「そいつら、フリですよ」

普段と変わらぬ飄々《ひょうひょう》とした口調と面持《おもも》ちでそう言ったのは、遅れて食堂に到着した宮井《みやい》だった。

「宮井。どういうことだ？」

「御子柴が男に言い寄られて困ってるって言うんで、野宮と俺でそうゆうことにしたんです。だから本当に付き合ってるわけじゃないですよ、そいつら」

嘘は言っていない、宮井は事実だけを述べている。

すると今度は中王子《なかおうじ》が怒鳴りはじめた。

「ふざけんなーッ!! やっぱり嘘だったんじゃねーかッッッ。俺を騙《だま》したなこの野郎!!」

そんなガチの叫びを受けても、宮井は逆にナイスアシストとばかりにしれっとしている。

実際、中王子の本気の怒りっぷりは効果があったらしい。男性教諭——副寮監《ふくりょうかん》の鬼束《おにつか》先生は、「そうか。まぁ、いい……」と腕組みをして目を伏せた。

「付き合うことに関してはとやかく言わない。ただ、同室となると話は別だ。お前らの年ごろはいろいろ暴走が抑えられないだろうからな。なにしにうちの学校へ来て、寮に入ってもらっているのか、忘れるようでは困る」

この鬼束先生。森下の情報によると、鬼センと呼ばれている堅物《かたぶつ》系のめんどくさい新米寮監なのだが、なぜか宮井のカリスマ性に憧れているところがあるらしい。

どうりで宮井の言うことを素直に聞き入れるはずだ。今も「かっこよく決めてみせただろう」とばかりに、横目で宮井の反応を窺《うかが》っている。宮井はまったく意に介していないが。

さらに鬼束先生は、掲示板を指さした。

「いいか。それは本来必要のないものだから、今はまだ暫定《ざんてい》だ。ルールは自分たちの行動が作るんだぞ」

先ほど生徒たちが群がっていた掲示板には、新しく一枚の紙が張り出されていた。

『寮則改正の通知（暫定）
　同室で恋愛関係になった者は、別々の部屋に移動するものとする。以上』

「「……」」

野宮と御子柴は自室に戻り、呆然《ぼうぜん》と立ち尽くしている。

「か、彼氏じゃなくなっちゃったね……」

「そ、そうだな……」

仕方ないとはいえ、偽装カップルであることを暴露してしまった。

要するにネタばらしをする形で身の潔白を主張したので、もう付き合っているとは言えないわけだ。

（宮井のおかげでひとまず助かったけど……。でも、どうしよう」

野宮は悩む。

告白して、もし付き合えたとしても。

そしたら今度は……

（一緒の部屋にいられなくなる——!?）

御子柴も同じことを考えたようだった。ふたりは顔を見合わせる。

（ど、どうしよう――!?）

まさかのところで思いもよらない障害が――……。

そんなモヤモヤを残したまま、気づけば学生たちにとっての一大イベント、京都への修学旅行が目前に迫っていた。

#12

文化体験で着物を着付けてもらった宮井《みやい》は、道ゆく人々の注目を浴びに浴びまくっている。鮮やかな青色の袷《あわせ》に、淡い青白磁《せいはくじ》の羽織《はおり》、黒足袋《くろたび》を履《は》き巾着《きんちゃく》を手にした姿は、実に垢《あか》ぬけていて妙な色気があった。

「あ、あああのっ。こ、高校生ですか？　私たちも修学旅行でっ……！　よかったら一緒に……。ていうか、連絡先っ……！」

果敢《かかん》にも、同じように着物レンタルをしたのであろう女学生が声をかけてくる。宮井は「いいですよ」と答えた。ただし、

「俺、ゲイだけど。それでもよければ」

と朗《ほが》らかに笑いながら。

「ダメだったー！　性別からダメだったぁぁあ――!!」

「はぁ!?　ちょ、ちょっとー!?」

泣きながら走り去る少女と、それを追う友人らしき子の背を見送りながら、桐浜《きりはま》高校の

男どもは青ざめる。

「……宮井のやつ、微塵《みじん》も容赦《ようしゃ》なくバキバキに折っていくな……」

「あいつ、メンタルどうなってるの？　恐ろしい奴……」

羨望《せんぼう》と恐怖のまなざしを受け、宮井がうんざりしたように溜息を吐いた時だった。

「やだってば――っ！」

店内から大きな声が響いてきた。

「やだよ！　外に女の子なんていっぱいいるじゃん。なんで俺がっ!!」

そう抗議するのは案《あん》の定《じょう》、御子柴《みこしば》だ。

「まぁまぁ、それはそれ、これはこれってやつよ」

「意味わかんない！　とにかくやだ！」

「御子柴～。ちょっとだけ、ちょっとだけだから～」

「……なにやってんの。あれ」

騒ぎを聞きつけて店へと入ってきた宮井の問いに、傍観《ぼうかん》していた森下《もりした》が「御子柴くんに女装させたいみたい」と返事をする。

「あいつらホント好きだよなー。いじるの」

宮井も人のことはいえない立場ではあるのだが。

「娘さん娘さん、野宮の旦那《だんな》も密かに期待してましたぜ。さっきあそこの女物を見ながら、

『柴ちゃん似合いそう……』って」

そう畳《たた》みかけるのは、男の娘《こ》マニアの美作《みまさか》だ。どう考えても嘘だろう。

しかしとにかく御子柴は、野宮の名を出されると弱い。

「えっ、本当に？」

目に見えて態度が軟化し、一気に乗り気になったのが傍目《はため》にもわかった。

そんなわけでしばらく経つと、そこには髪を結い上げ、花柄の着物をまとった可憐《かれん》な少女——テイストの御子柴が爆誕していた。

「……っ、いいっ……！」

「これぞべっぴんさんや……！」

「シャバでも安定の御子柴クオリティ」

男子一同が色めき立つ。

「こんなこともあろうかと、用意してきて正解だったな！」

なんと美作は、メイク道具一式にウィッグまで持参していたらしい。

満足な仕上がりに鼻を鳴らす彼の後ろで、「さすがすぎて怖いわー」と誰かが呟《つぶや》いた。

いっぽう、野宮もちょうど着付けが終わったところだった。細い縦縞文《たてじまもん》の紬《つむぎ》で仕立てた紺鼠《こんねず》色の着物をしゅっと着こなし、前髪を撫《な》でつけた姿は、いつもよりさらに男ぶりが上がって見える。

「いや〜。お兄さん大きくてはるから、丈足りてよかったわ〜」

着付けをしてくれた店の女性も上機嫌だ。

振り返った御子柴は、がらりと雰囲気《ふんいき》の変わった野宮を見て目を丸くする。

（のっ、ののの野宮、めちゃくちゃかっこいいっっ!!　おでこ出てる〜）

野宮のほうも、当然ながら仰天《ぎょうてん》していた。

（ええっ？　柴ちゃんなの!?　かわいすぎじゃね!?）

あまりの美少女ぶりに、一瞬御子柴だと気づかなかった。

「ささ、ご両人。見惚《みと》れ合ってないで。記念に写真でも」

クラスメイトに勧められるまま、野宮と御子柴は店先で並び写真を撮った。

「いいじゃん、いい記念じゃん！」

「若旦那《わかだんな》とお嬢さんって感じだな」

口々に冷やかされ、さすがに恥ずかしくなったのか、御子柴は「も、もういいでしょ。

俺、着替えてくる」と走りだそうとする。

が、慣れない草履《ぞうり》で蹴《け》つまずき、よろめいてしまった。

「っと、大丈夫？」

「う、うん」

かたわらにいた野宮が、それを難なく受け止める。普段とは違う装《よそお》いの野宮を改めて目《ま》の当たりにし、御子柴は胸が高鳴るのを抑えられない。

「野宮……」

「御子柴」

そこへ、威圧感のある声が割って入った。

「お前。その格好で町中歩くのか?」

振り返れば、鬼束先生が腕組みをして立っている。その少し後ろでは、熊《くま》ちゃんこと熊《くま》田《だ》先生がおろおろしながら「ちょっと先生、なにも旅先まで……」とたしなめているのが見えた。

「い、いえ……。すぐ着替えてきます」

御子柴は慌てて店内へと駆けこむ。

そうだった。

――『同室で恋愛関係になった者は、別々の部屋に移動するものとする』

「ったく、あれは完全にまだ疑ってんな。野宮、気をつけろよ」

唇を尖らせ、宮井がぼやく。

「帰ったら、部屋、別にされるぞ」

野宮の表情が露骨に曇る。それだけは、一番避けたい事態だった。

「おお――っ！　眺めサイコ――！」

絶景の清水寺《きよみずでら》を前にして、感嘆《かんたん》の声があちこちからあがる。

修学旅行の班は六人組で、野宮は御子柴と宮井に加え、一ノ瀬《いちのせ》、二階堂《にかいどう》、三村《みむら》の三バカトリオと行動をともにしていた。

「野宮、宮井、一緒に写真撮ろう」

御子柴の呼びかけに、清水の舞台の上で三人で顔を寄せあう。

最初はあまりにも古式ゆかしき修学旅行先に、不満げな者もチラホラといたようだったが、そこはそれ。やはり友だちとワイワイ旅をするのは、楽しいものだ。

「ちょっとちょっと、野宮、御子柴、二人とも来てみ。おもしろいもん見つけた」

舞台を下りた先、一ノ瀬がにまにまと手招きで呼ぶのでついていってみると、地主《じしゅ》神社という神社に辿《たど》り着いた。

「どうよ。えんむすびの神様だってよ！」

野宮と御子柴は互いに頬《ほお》を赤らめて、大きく掲《かか》げられた『えんむすび』の文字を見上げる。

「わ、結構人気スポットらしいね。『京都の縁結び神社といえばここ！』みたいな感じ」

スマートフォンで情報を検索していた三村が教えてくれた。

「へ～、すげーじゃん。ご利益ありそう。おみくじもあるし引いてこうぜー。大吉出た奴は、男気でコロッケおごりな～！」

一ノ瀬はそう言って笑うと、階段の先を指さす。

「彼女……」「かわいい彼女お願いしますっ」「彼女できますように！」——オブラートに包む気もなく欲丸出しな三バカに、さすがの野宮も「おみくじなんだと思ってんの？」と突っ込むが、恋占い自体にはむろん興味があった。

「……せ、せっかくだし、俺らも引いてみようか？」

「う、うん」

それとなく言ってみると、御子柴もドキドキした様子で頷《うなず》く。

野宮の結果は——

「すげえ！　野宮、大吉出た。やるな～！」

なるほど。野宮は思わず頬をゆるめる。約束もしていないコロッケをおごってやってもいいかと思う程度には、気分がいい。

どうやら宮井は吉を引いたようだ。「お前の場合なに出ても無敵だよな」と一ノ瀬が皮肉っているのもわかる。彼の場合は、神様に頼むより、自分でなんとかしてしまいそうな気がする。

さて、御子柴は……とみんなが視線を向けた先。

「……ッ」

おみくじを手に、顔面蒼白で絶句する御子柴がいた。

「あ、あれはそっとしとこう……」

「死相がやばい」

「ま、まぁ、柴ちゃん。おみくじのとこにもソレの場合は結んで帰れってあったし、そうすれば大丈夫じゃね」

野宮は精いっぱいのフォローを入れる。『恋占いおみくじランク』と記された看板には、

『大凶、ぜんぜん良くない。かならず結ぶ』とあった。

悪いものはここで祓《はら》ってもらって、すっきりして帰ろう。

「そ、そうだよね」

しかしおみくじ掛けに向かおうとした御子柴を、さらなる不幸が襲った。

「わっ！　うそっ!?」

突然飛来したカラスが、その手からおみくじを奪い取ってしまったのだ。

「おみくじがっ……！　返してーっ」

そしてそれを追って走りだした途端、今度は雪駄《せった》の鼻緒《はなお》が切れてしまう。

胸からべしゃっと地面へダイブした御子柴は、恋占いの石の横で屍《しかばね》のように動かなくな

った。

「地獄絵図だな」

あまりにも重い沈黙ののち、宮井がぼそりと呟く。

「柴ちゃん……」

縁起《えんぎ》の悪さが玉突き事故を起こしたような惨状《さんじょう》に、野宮たちは呆然《ぼうぜん》と立ち尽くすしかなかった。


楽しげな人々が目の前を行き交う。神社の喧噪《けんそう》は、けれどどこか遠くに聞こえた。

御子柴は屋台が並ぶ石段の隅っこに腰かけ、足元の千切《ちぎ》れた鼻緒にぼんやりと視線を落としている。

（……寮にあんなルールできちゃうし。先生には目つけられてるし。おみくじは最悪だし。なんでかな……）

なにもかもがうまくいかない。

せっかく野宮との関係が、一歩進んだと思ったのに。

一度弱気の虫が顔をだすとダメだ。急に心細くなり、御子柴は膝の上で組んだ腕へと顔をうずめた。

しかし、そこに弾んだ声が響いてくる。

「柴、おまたせー。なんか変な草履《ぞうり》だけど、売ってたよ」

軽やかに階段を駆け登ってきた野宮が、手にした買い物袋を見せる。

「野宮、ありがとう……」

「宮井たちにはとりあえず、先行ってもらったから」

「うん、わかった」

気をつかわせてしまったかな、と思う反面、ホッとする。このままの空気を引きずって、みんなの楽しい時間を台無しにしたくはない。

本当は、野宮との時間だって……もっと楽しいものにしたかったのに。

そんな気持ちを知ってか知らでか、野宮はひょいと御子柴の足元に屈みこむと、手をとった。

「あー、やっぱ擦り切れてんな。絆創膏《ばんそうこう》も買ってきて正解だわ」

優しい言葉と触れるぬくもりが、傷口よりも心にしみる。つんと鼻の奥が痛くなる。

「……っ、野宮……」

御子柴はたまらず野宮に抱きついた。

野宮好き——……。好きなのに、なんでなのかな。

がばっ
野宮好き――…
――っ…
好きなのに
なんでなのかな
ぽんぽん

言葉は喉《のど》に引っかかり、泣く寸前のような音が漏《も》れる。

それをなだめる調子で、ぽんぽん、と野宮が御子柴の頭を撫《な》でた。

「柴ちゃん。明日、俺とデートしようぜ」

思いもよらぬ言葉。

びっくりしてこぼれかけた涙も引っ込む。

「一日班別自由行動だしさ。すこしだけ抜け出して行こうよ。俺ちょっとおもしろいところ見つけたんだよね。みんなでプラン立ててたときにさ。柴とふたりで行けたら行ってみたいなー、ってやつ。だから、どうですか」

野宮はスマートな仕草で右手を差しだし——、「御子柴さん。俺とデート、してくれませんか」

いつもの頼もしい笑顔で、そう言った。

（——野宮……）

沈みかけていた心が、すうっと掬《すく》いあげられる。

（野宮、ありがとう——……）

御子柴は野宮の大きな手のひらに、絆創膏を貼ってもらった手を乗せ、「はい」と破顔《はがん》した。

#13

「お、そんな進んでないな、宮井《みやい》たち。もうすぐ行ったとこにいるみたいよ」

途中でソフトクリームを買った野宮《のみや》は、立ち止まってスマホを見ながら御子柴《みこしば》に呼びかけた。

「野宮、ちょっと垂れそうだよ」

「えっ」

宮井とのやりとりに気を取られていたせいで、手にしたソフトクリームが溶けはじめ、今にも流れ落ちそうになっている。だが、あっと思うよりも先、口を寄せてきた御子柴が舐《な》めとってしまった。

（えっろ!!　ていうかもうすでにデートじゃね、これ……）

「おいしいね」なんてニコニコしている御子柴に対し、野宮は内心ドキドキである。

「野宮、御子柴……」

しかし、いざ合流地点に辿《たど》り着いてみると、なんとも不穏な空気が漂っていた。

それもそのはず。またもやそこには――鬼束《おにつか》先生が立ち塞《ふさ》がっていたのだ。

「ごめん……事情話したんだけど、つかまっちゃって……」

二階堂《にかいどう》たちが、申し訳なさそうに眉尻《まゆじり》を下げる。宮井は「面倒な奴に捕まってしまった」とばかりのうんざり顔。熊《くま》ちゃんも、後ろで心配そうにしている。

「お前たち、自由時間だが基本班行動だぞ。そんなもの食って歩いて、デート気分じゃないだろうな」

……図星なので反論できない。

ふたりを前に、鬼束先生は「今日の宿泊先、野宮と御子柴は部屋を別にしろ」と言い放った。

「ちょっと鬼束先生。そこまですることじゃ……」

見かねた熊田《くまだ》先生が助け舟をだしてくれるが、これ以上怪しまれるのだけは避けたい。

野宮は慌てて口を挟む。

「や、いいですよ。部屋くらい別々でも……。なっ？」

「う、うん」

御子柴も緊張の面持《おもも》ちで頷《うなず》いた。

「……以上だ」

鬼束先生はそんなふたりを一瞥《いちべつ》すると、さっさと立ち去ってしまった。

「もう……ちょっとピリピリしすぎねぇ……」

困った様子の熊田先生の後ろで、野宮と御子柴はひとまずの危機を回避し、ほっと一息つく。

かたや、二階堂たちはひどく立腹し、「そうだよ熊ちゃん。一発殴《なぐ》って三日くらい気絶させといてよ」などと結構な暴言を吐いている。

「あなたもひどいわね」

呆《あき》れ気味の熊田先生だが、どちらかというと生徒たちに同情してくれているのは先ほどから明白だった。

ひとしきり怒ってスッキリしたのか。二階堂はふと思い出したように尋ねる。

「そういえば熊ちゃんさ、熊ちゃんの泊まる部屋、すごいんだって？　森下《もりした》情報」

「そうなの♡　ほら、アタシが大浴場行くのもいろいろアレじゃない？　豪華露天風呂付きにランクアップしたのよ♡　もちろん自費でね♡」

熊田先生は顔を輝かせ、乙女《おとめ》のごとく手を合わせて嬉しそうだ。教師は特別に部屋のグレードアップが許されているので、ここぞとばかりに利用したらしい。

「かっけー！　遊び行っていい？」

「大人の贅沢《ぜいたく》見たい！」

「いいわよ～♡　別館よ～」

食いつく一ノ瀬《いちのせ》と二階堂を、歓迎する熊田先生。鬼束先生もこれくらい融通《ゆうずう》がきけばいいのに……と、きっと誰もが思っていることだろう。

「野宮」

風呂の話で盛り上がるメンバーを尻目に、宮井が野宮へと声をかけた。

「お前、なにか企《たくら》んでんだろ」

野宮は返事代わりにいたずらっぽく微笑《ほほえ》むと、ソフトクリームをぺろっと舐めた。


「デ、デートぉぉぉぉぉお!?」

夕暮れ。旅館の部屋に男どもの絶叫がこだまする。

「いや、まぁデートっていうか。ちょっとだけ抜けて、二人だけで行きたいところがあるっていうか……」

照れながら話す野宮と恥ずかしそうに肩をすくめる御子柴を、一ノ瀬がジト目で睨む。

「だからそれをデートっつーんだろうが、お前らの場合」

ごもっともな話である。

宮井はすぐ野宮の意図を察し、「なるほどな」と唇の端を持ち上げた。

「だから部屋別々とか無茶言われても、穏便にしたわけか」

「おー。ごねて明日の自由行動が制限なんかされたら、最悪だしさ」

野宮と御子柴にとっては、明日が本番。一晩くらいなら（本当は残念だけれど）我慢してみせる。

「なんか、いろいろあったみたいだね」

班が違う森下は、何が起こったのかと興味津々《しんしん》な様子だ。

「森下、悪いな……。部屋変わってもらって……」

「ごめんね……」

結局、鬼束先生の命により野宮が森下と部屋を交代する形になったため、ふたりはそろって頭を下げた。

「僕は全然いいよ、気にしないで」

「萌えればそれで」という言葉さえ、今はありがたい。

「よーしわかった。そのデート、成功させてやるよ。鬼センの嫌がらせには頭くるもんな！　次こそは必ず、まいてみせる——題して『鬼ごっこ作戦』だ！」

「まんまじゃねーか」

一ノ瀬と二階堂の掛け合いを皮切りに、みんなは膝を突きあわせて明日の計画を練《ね》り始めた。

「で、どこ行くの？」

「サプライズ。だから、まだ秘密。朝一で行ってこようと思うから、昼ごろ合流しようぜ」

野宮がスマートフォンを手に答えると、宮井たちはタブレットで行動予定表を確認する。

「昼ってどこにしたんだっけ」

「金閣寺《きんかくじ》らへんだろ。どう？」

「待った、調べる……。んー、ちょっとあるけど、交通的にはラクそうだな」

一ノ瀬たちは楽しげな野宮が気になって仕方ないようだ。「んだよ、マジでどこだよ～」と肩をぶつけたりしている。

「みんな、ありがとう～……」

いっぽうの御子柴は両手を合わせ、感動の面持ちで呟《つぶや》いた。

森下がその横で「なんだかんだいって野宮って彼氏力高いね」と微笑む。

おもしろがっている面も多少あるだろう。でも、みんながふたりを応援してくれているのは確かだった。

それに自分との時間のため、野宮が真剣に考えてくれているのも、御子柴には痛いほど伝わってくる。

話し合いも佳境《かきょう》へ差し掛かろうという頃、廊下《ろうか》からばたばたと足音が聞こえてきた。

「み、みんな、大変だよ～」

飛び込んできたのは三村《みむら》だ。

「鬼センが見回りもどきはじめたって～」

まだ風呂前の自由時間なのに？　部屋の空気が一気に殺気立つ。

「まじうぜー！」

「はいはいですよねー。わかってた」

「こうなったらやるしかない。鬼ごっこ作戦開始だ……」

「お前好きだよなー。こうゆうの」

怒り心頭といった様子の二階堂に、一ノ瀬も仕方ないとばかりに不敵な笑みを浮かべる。

男子校あるある――対先生のときの謎の団結力。

「野宮、御子柴、とにかく隠れとけ！」

しかし、その団結力が若干《じゃっかん》違う方向へエスカレートする場合もある。

「え、べつにしゃべってるだけで怒られなくない？　さすがに……部屋別とはいえ……」

冷静な野宮の意見も、「どうだかな」ととぼける宮井や、「聞いてる感じだと、どんな言いがかりつけてくるかわからないね？」などと脅《おど》しをかけてくる森下の前では無力化してしまう。

「そうだぞ、念には念を入れなくてどうすんだっ」

からかい半分のふたりには気づかず、二階堂が大真面目《おおまじめ》に叫んだ。

「デート駄目になってもいいのかよ!?」

「!!」

デート。その一言で、野宮と御子柴の表情が変わる。

ふたりとも、そういう意味ではわりと単純だった。

明日のデートだけは、死守せねばなるまい――――!

「お前ら、そろってるか?」

数分と経たずして、鬼束先生はノックもなしに部屋へ入ってきた。

室内にいるのは五人。一ノ瀬、二階堂、三村。そして窓辺の椅子《いす》に腰掛けている宮井と森下。

「え、はい。一応……」

「……」

二階堂の返事に、鬼束先生は腕を組んでじろっと全員の顔を見渡す。

「もうすぐ風呂の時間だ。ここには一般の人も泊まってるからな。団体行動を乱すなよ」

「はーい」

「……御子柴は?」

「ジュース買い出し中ですけど……」

「そうか。あとは明日の日程の確認だが――」

あまりにも普通な生徒たちの様子に毒気を抜かれたのか、鬼束先生は特にそれ以上動向を探ることもなく、次の話題へと移る。

（……まずった）

そこでようやく二階堂は気づいた。

（よくよく考えると、御子柴は隠れなくてもよかったんだ……）

鬼センが目を光らせているのは、『野宮と御子柴が一緒にいるかどうか』なのである。

もともとこの部屋にいるはずの御子柴まで姿をくらませる必要など、まったくない。

（頭が二人とも隠さなきゃってなってたわ、ごめん〜〜〜。耐えてくれ。たぶん。特に野宮……！）


二階堂の危惧《きぐ》したとおり、野宮たちは窮地《きゅうち》に陥《おちい》っていた。

（やべえ!!　ギリセーフ!!　だけど）

鬼束先生が来る直前、御子柴とふたり押し入れに逃げ込んだ野宮だが。

（体勢が完全アウトだ――!!　柴の足が俺の股間《こかん》にあたってる〜〜〜）

狭い空間、乱れた浴衣《ゆかた》、御子柴を半ば押し倒すような体勢――。とんでもない状態に、心の中で悲鳴を上げた。

しかも窮屈《きゅうくつ》そうな野宮を気づかってなのか、御子柴は懸命に身じろぎしてスペースを空《あ》けようとしてくれる。そしてそのたびに浴衣から覗《のぞ》く足の膝頭《ひざがしら》が、野宮の股間に触れる。

(柴ちゃん、動かさないで、刺激しないで〜〜〜っ。どかそうとしてくれているのはわかるけど〜〜〜っっっ)

「！」

そこでようやく、御子柴の表情が変わった。

「の、のみ……」

野宮は小さく声を上げかけた御子柴の口を塞《ふさ》ぎ、「し〜〜〜……」と囁《ささや》いた。

(言わなくても俺が一番わかってますからっ。ほんとにもう勃《た》っちゃって、ごめんねっっっっっっ!!!

好きな子を前に、何回醜態《しゅうたい》を曝《さら》したら気が済むのかと思わずにはいられない。

けれどそんな野宮を前にしても、御子柴は引くどころか健気《けなげ》にも口を塞がれたままこくこく頷《うなず》く。

(ああ、くそ。浴衣考えたの誰なんですか。えっちすぎるだろ。足むき出しだし。はだけてるし)

中途半端な体勢のまま幾度も動いたせいで、御子柴の浴衣はすっかり乱れ、片方の肩が抜けて胸のあたりまではだけてしまっていた。

（そんな色っぽい目で見ないでよ……）

押さえつけた手のひらにかかる息が熱い。

すがるような潤んだ瞳に、頭がぐらぐらする。

野宮は手を離す。御子柴が切ない声で「のみや……」と呼ぶ。

「……ごめん」

干上《ひあ》がった喉《のど》から謝罪を絞《しぼ》りだして、野宮は唾《つば》を飲み込んだ。

「んっ……」

野宮の唇が触れるなり、御子柴は待っていたとばかりに舌を差し伸べて絡めてきた。

一度するとタガが外れ、息をするのも惜しいほどだった。小さな密室にちゅ、ちゅ、と微《かす》かな音がこぼれ、みるみるうちに御子柴の大きな瞳がとろけてゆく。首に腕が回される感触に、野宮は体重をかけてさらに深くくちづけた。


「おーい。二人とも、もういいぞ」

二階堂が若干緊張の面持《おもも》ちで、押し入れへと呼びかける。

一拍置いて、すすすす……と襖《ふすま》が開き、なんとも気まずげな御子柴と野宮が顔をだした。

御子柴は浴衣のあわせを掻《か》き寄せつつ、頬《ほお》を赤くしている。野宮は外に出るなり崩れ落ち、「ちょっとそっとしといて……」と唸《うな》った。

それで一同はおおよそを察したらしい。一ノ瀬は爆笑し、二階堂と三村は野宮へ同情のまなざしを向けた。

（最近いよいよ俺のちんこが反抗期な気がする……。言うことききかねー）

噴火寸前だった股間はなんとかヌかずに沈静化したが、このままではいつか暴発しかねない。野宮はいよいよ危機感を覚えていた。

はあっ……と両手で顔を覆《おお》い、海よりも深い溜息を吐く。そんな野宮を、宮井は呆《あき》れ顔で睥睨《へいげい》した。

「野宮お前、そんなんで大丈夫かよ」

「なにが？」

もう今の時点であまり大丈夫ではないのだが……ぐったりと椅子の背もたれに寄りかかりながら訊き返した野宮を、さらなる試練が襲う。

「次、風呂だぞ。大浴場」

「!!」

（全裸!!）

ポロリ寸前の浴衣姿を乗り越えたと思ったら、今度は強制的にキャストオフである。
波乱に満ちた修学旅行。次に待ち受けるのは――、大浴場の乱だった。

#14

わいわいと大浴場へ向かう一同。

そんな中、野宮《のみや》だけは浮かない様子だった。

（……やばい。完全にやばい……。意識しないようにすればするほど、なんかもう逆にやばい気がする）

考えると変な汗がだらだらでてくる。

「ウチの寮シャワー室だから、大浴場って新鮮だよなー。お前、ちんこ隠す派？」

「気にしない派」

「じゃあ勝負しようぜー。負けたほうは明日一日敬語な」

ぎゃははっ、などと呑気《のんき》に笑って小突きあう一ノ瀬《いちのせ》と二階堂《にかいどう》の後ろを歩きながら。

（あんな会話がうらやましく思えるぐらいに、超絶やばい!!）

いよいよ野宮の足取りは重くなる。

（つい今さっきエロいちゅーしたばっかだし、なんならさっきもガン勃ちだし、そんなんで風呂なんか一緒に入ったら――フル勃起《ぼっき》間違いねえッッッッ!!)

御子柴《みこしば》とのキスの余韻《よいん》が、まだ全然抜けきっていない。スイッチをオンオフするように、シュッと収まるものではないのだ。男の――特に男子高校生の性欲と肉体は。

(みんなの前で勃起したら、さすがにドン引きだろ……)

むしろ自分自身だってドン引きである。

「あ、あのさ。俺ちょっと部屋戻ってから行くから、先行ってて……」

野宮が後ずさりながら言うと、一ノ瀬たちは「そういえばそうだな。別の部屋になったんだった」と顔を見合わせた。

「じゃあ行ってるわー」

御子柴も「またあとでね」というふうに笑顔を向けてくれる。

ただひとり、宮井《みやい》だけが訳知り顔で「ぷっ」と噴きだしていた。

だがもはやそんなことなど気にしていられない状況だ。

(こうなったら……あの手しかない――!!)

俺の、そしてなにより、御子柴のために――!

「なるほど。それでアタシのとこに来たってわけね」

熊田《くまだ》先生は野宮から一通り話を聞くと、お茶目に人差し指を立ててみせた。

「そう! 頼れるのは熊ちゃんしかいない! お願いします、お風呂貸して! 明日デートだから、風呂は絶対入りたい！」

野宮は床に正座して、ぱんっ、と両手を合わせて拝む。

「俺、今、柴ちゃんの裸見たら、股間《こかん》がやばいの確実だから！」

「素直でよろしい。うふふ、いいわよいいわよ。お風呂ぐらい貸してあげるわよ。嫌われちゃったら大変だものね。アタシは恋する男の子の味方よ♡」

「熊ちゃんサンキュー！」

やはり熊ちゃんに相談して正解だった。野宮は感激に先生のガッシリした手を握り、心の底から感謝した。


一方、御子柴のほうはというと――。

脱衣所が妙などよめきに包まれていた。

「やべえ……」

「体育のときとなにかがちがう……！」

「まじか……」

御子柴が肩から浴衣《ゆかた》を落とす姿に、クラスメイトたちの視線は釘づけだった。

「み、御子柴も風呂入るの……？」

「え？　入るよそりゃ……」

なぜかたじろぎながら尋ねられ、御子柴も戸惑いがちに答える。

「だ、だよな」

変な熱気とともに遠巻きに御子柴を窺《うかが》う男子たちは、両手の指を顔の前に掲《かか》げ、

「……胸と股間、隠したら女子に見えるんじゃね……？」

などと小声で話している。

「や、やめろよ」

「ていうかさ。胸んとこ詰め物してバスタオル巻いてみてくんない……？」

「お前、天才かよ!?」

「やだよッ!!!」

これには御子柴も声を荒らげ抵抗した。

あっちが鎮火しかけると、今度はこっちから火の手が上がる。あまりにも男子っぽくない容姿の御子柴に、年ごろの男子高校生たちの妄想が暴走しかけている。

「……やばい」「やばいやばい」「なにこれ、やばい……！」――本人たちも、いや御子柴は男だ、男なんだけど、でもなんか勘違いを起こしそう……とほとんどパニック状態だ。

「の、野宮っ、つーか野宮は!?」

「野宮はどこ行ったんだよ⁉」

「俺たちを止めてくれ野宮――ッ！」

こういう時にブレーキをかけてくれるのがお前だっただろ！　と。

他力本願、阿鼻叫喚《あびきょうかん》。

「わあ。みんな修学旅行ハイになってるね。じゃあ僕はお先に」

森下《もりした》は我関せずと浴室へ消えてゆくが、さすがに宮井はこの状況を放っておけないようで、

「お前、風呂あとにしたら？」

ありがたいことに間へ入り、声をかけてくれた。

そのうしろではブサブサコンビが「宮井くんダビデすぎ～～♡」と得もいわれぬ雄《お》たけびを上げている。ここは危険だ。

「そ、そうします……」

欲望と興奮のるつぼと化した脱衣所を前に、御子柴は浴衣の前を握りしめながら一時退却を決めた。

「……」

とぼとぼとひとり廊下《ろうか》を引き返しながら、御子柴は考える。

（どうしよう……。このあとは一般の人だけど……。一人くらいなら平気かな？　でもま

た勝手なことして、鬼束《おにつか》先生に見つかったら……）

もしここでひとつでも選択を誤り、明日に響いてしまっては元も子もない。

（せっかく野宮がデートに誘ってくれたのに。なくなったら、そんなのやだっっ!!）

すべては野宮とのデートのために――！

（……よしっ）

御子柴は唇を引き結ぶと、救世主の部屋の呼《よ》び鈴《りん》を押した。

（熊ちゃんにこっそりお風呂借りよう……っ。お風呂には入りたい……。デートだし……っ）

「あらっ。御子柴ちゃんじゃないの～」

すぐに顔をだした熊田先生だが、どうやら出かけるところだったようだ。

「あ、あの、熊ちゃん。ちょっとお願いが……」

「あ～ん、ごめんね～。アタシ今ちょうど急ぎで呼ばれちゃって、行ってこないとだからっ」

御子柴の話をいったん遮《さえぎ》ると、慌てた様子で背を向ける。

「部屋で待ってて！　好きにしていいわよ。すぐ戻ってくるわね～。んもぅ大変～っ」

そしてどすどすと重量感のある音をたてながら、あっという間に走り去ってしまった。

「……い、いいのかな？　おじゃまします……」

残された御子柴は一瞬ためらったものの、いつまでも廊下に突っ立っているわけにはいかない。お言葉に甘えて扉をくぐった。


「はぁ～。個室の露天風呂って、結構でかいんだな～。いいとこ取ったなぁ」

その頃、野宮は熊田先生の部屋の露天風呂に、のびのびと浸かっていた。

まだ初夏。日が落ちて、いくらかひんやりとした外気を肌に感じつつ、坪庭《つぼにわ》を臨《のぞ》む湯舟をゆったりと堪能《たんのう》する。なんという贅沢《ぜいたく》なのだろう。

（ピンチも回避できたし、熊ちゃんに大感謝だわ）

先刻までの嵐のような騒ぎが嘘のようだ。

（よし、そろそろ出るか……）

顔をゆすいだ野宮は、鼻歌まじりに湯船から上がろうとする。

（明日のデート、楽しみだなー。柴ちゃん。笑ってくれるといいんだけど――）

その時、カラカラカラ……とドアが開く音がした。

え？　ドア？　視線が自然とそちらのほうへ向く。

そこには、何故か裸の御子柴が立っていた。

時間が止まる。ふたりとも、一瞬なにが起こったかわからずに凍りついてしまう。

「え。え、え、え。ししし柴!? なに、なんなの、どうゆうこと!?」

野宮は尻もちをつくような勢いで、ざぶんと湯船に体を沈めた。

「のっ、野宮が、なんで……!? 浴衣あったけど、熊ちゃんのかと……っ」

御子柴も扉の向こうへ半身を隠し、顔を覗《のぞ》かせこちらを窺っている。

「「……っ」」

まさかこんなことになるなんて……。互いに顔を赤らめ、再びの沈黙。

「あ、あの……」

だが意外にも、次に口を開いたのは御子柴のほうだった。

「い、一緒に、入っていい……?」

伏し目がちにそう尋ねられて、野宮はどきっとしてしまう。

「えっ。あ……えっと」

確かここに来たのは、事故が起こらないようにするためだったのだけど——。

果たしてこの世に、好きな子から「一緒にお風呂入っていい?」と訊かれて「ダメ」という男がいるだろうか?

いるわけがない。

「……い、いいよ」

照れ隠しについ視線が落ちる。

野宮の返答に、御子柴は音もなく浴室へと足を踏み入れた。

夜の空気を揺らすのは、御子柴が体を流す際にたてる水音だけ。

それが妙にリアルで、じっとしていられなくて、野宮は洗い場に背を向け口元あたりまで湯に潜っていた。

心臓が胸を突き破り、どこかに飛んでいってしまうんじゃないかと思う。

御子柴が湯船の端に回り、水面にちょんと爪先《つまさき》をつけてから、静かに体を滑りこませてくる。

ついさっきまで広々としていた空間が、急にふたりだけの箱庭になったようだった。

これでは押し入れの中と変わらない。いや、もっとまずいかもしれない。

「……も、もうちょっと、そっち、行ってもいい？」

「へっ？　う、うん……」

律儀《りちぎ》にも御子柴は了承を取ってくる。

そんなふうに見つめて訊かれると、やはり断れない。

野宮の返答を聞いて、心なしか嬉しそうに近づいてくると、すぐ隣へ腰を下ろした。

「……っ」

「あ、ごめ……っ」

ちょん、と手の小指同士が触れただけ。それでも野宮は体を硬直させた。

(近くね？　近すぎね!?)

御子柴があまりにも無防備すぎる。

(どうすんだよ、俺——!!　早くも絶対、先に出れない状態にッッッ!!)

顔は青ざめ冷や汗さえ浮かびそうな反面、下のほうには血が集まり、お祭り騒ぎになりつつあった。

「お風呂気持ちいいね」

(『気持ちいい』とか言わないで～。そんな単語でもアホみたいにやばいんだよ俺～)

ばっしゃばっしゃと勢いよく顔を洗って気をまぎらわせども、何ひとつ落ち着かない。

「あ、あの。野宮」

しかし御子柴はこちらの心情はもちろん、肉体的変化にも気づいていない様子で話しかけてきた。

「明日のデート、楽しみだね」

眉尻《まゆじり》の下がった、とろけるような笑顔。

どれほど明日を心待ちにしてくれているか、その表情と声音《こわね》から伝わってくる。

「柴ちゃん……」

——ああ、もう。しっかりしろ俺。

エロいことばっか考えて――。

（つーか柴……色っぽいなぁ――……）

いや、やっぱエロなんじゃゃん。と自分でも突っ込みたくなってしまうけれど、今しがた感じていた暴風じみたものとは少し違う。

たぶん、御子柴がかわいくて愛《いと》しいのだ。

自分が御子柴のために時間を作り、班を抜け出して、ふたりきりでいたいと思って。御子柴もそれを喜んで、楽しみにしてくれている。

そうして気持ちが通じ合った感触に、正直すごく興奮した。

「……柴」

「ん？」

野宮は呼びかけるなり、御子柴の唇を奪った。許可は取らず、ほんの一瞬だけだ。

それから改めて間近で御子柴を見つめながら、

「柴ちゃん……。もうちょっとしてもいい……？」

と囁《ささや》いた。

「え、あ」――ほんのり桃色だった御子柴の頬《ほお》が、かあっと赤くなる。それが答えのようなものだった。「うん」という返事にかぶせるようにして、再び野宮はくちづけた。

互いに身を乗りだし、今度は舌を絡めあう。

身じろぐたび、湯が揺れる音と唇の間からこぼれる水音が重なって響く。

「のみやぁ……。俺、勃《た》っちゃうよ……っ」

這《は》い上がる快感に身を震わせ、潤んだ瞳で見上げてくる御子柴は、脳みそが溶けてしまうのではないかというくらい、いやらしかった。

野宮は御子柴を湯船の縁に追いつめて両手をつき、立ち上がる。当然、野宮の裸身が御子柴の前にあらわになった。

御子柴は数瞬ほど酸欠の金魚よろしく口をぱくぱくさせていたが、慌てて両手で自らの視界を塞《ふさ》ぐとかすれ声で叫ぶ。

「のっ、の、のみっ、野宮……っ。野宮、勃ってるよ……っ」

その恥ずかしがりよう――本当はあまりにも大きな野宮のモノに対する驚きも多分に含まれていたのだが――にさえ昂《たかぶ》って、野宮はごくっと喉《のど》を鳴らす。

「柴ちゃん……。俺は柴だとこうなっちゃうんだけど。……怖い？」

みっともなさや格好悪さなんて、この際おいておく。

ただひとつ、野宮が願うのは、好きな子を怖がらせたくないということ。

御子柴はそろりと目を覆《おお》っていた指をはずすと、まっすぐ野宮を見据えて言った。

「……怖くないよ。野宮なら、怖くない」

白い手が伸びる。指先から落ちた水の雫《しずく》が、視界の隅できらりと光る。

もう互いに許しは請わなかった。

#15

どすどすと重戦車のような迫力をまとい、廊下《ろうか》を駆ける男がひとり。
（なんてことっ。なんてことなのぉぉお〜〜っ）
熊田《くまだ》先生は独特の内股《うちまた》走法で腕をふりつつ回想する。

——（結構長引いちゃった。御子柴《みこしば》ちゃん、さすがに帰っちゃったわよね……。悪いことしたわ……。あら、メッセージきてたのね）
用事が終わりようやくスマートフォンを確認したところ、御子柴から入っていた連絡にはこうあった。
——『熊ちゃん、お風呂借ります。夕飯に間に合わなくなっちゃうので』
——『!!』
肝《きも》が冷えるどころの話ではない。生徒たちの危機だった。

（うそでしょぉ!?　御子柴ちゃんもお風呂だったの～!?　なぜ!?　まさか鉢合《はちあ》わせてないでしょうね!?　二人とも無事でいてっ）

想い合う若人《わこうど》を助けたつもりが、してはならぬお膳立《ぜんだ》てをしてしまっていただなんて――。

（おっぱじめるんじゃないわよ～～～～!!）

んもぅ～、と声を上げ、牛……ではなく、熊ちゃんは走る。

「野宮《のみや》くん！　御子柴ちゃん！」

部屋の鍵《かぎ》を開けて浴室へ飛び込んだ彼が見たのは、御子柴に覆いかぶさった野宮の姿。

御子柴の大きく開いた脚の間に、野宮の体が入っている。

「！　熊ちゃん、たすけて！」

御子柴は首をひねり熊田先生を見上げると、そう叫んだ。

「重くて、引き上げられない……っ。野宮、のぼせちゃったみたいで……っ。鼻血がっ」

見れば流し場の床には点々と血が滴《したた》っている。

そして野宮は――

「あの、そのっ、いろいろ大変なことにっ……！」

両の鼻の穴から血を垂らし、白目を剝《む》いて意識を飛ばしていた。

「きゃ――!?　野宮くん――!?」


「……」

目には冷たい濡れタオル、鼻の穴には脱脂綿《だっしめん》。

「なんていうか、死ぬほど面目ないです……」

百年の恋も冷めるであろう自身の醜態《しゅうたい》に、野宮は地獄の底から響くような声で謝罪した。

「なに言ってるのよ。アタシが100%悪いんだから、ごめんねぇ……」

熊田先生が扇子《せんす》で涼しい風を送ってくれる。

「……柴は?」

ほとんど気絶していたが、必死に呼びかけ助け起こそうとしてくれた御子柴の記憶があった。裸のまま下敷きにしてしまったけれど、頭は打たなかっただろうか。

「もうすぐ夕飯だったから、部屋に帰したわ。宴会場行ってるわね、きっと」

「そっか……」

それならよかった。ひとまずホッとして、野宮はゆっくりと体を起こす。

頭は冷えたし、鼻血も止まったようだ。タオルを返して脱脂綿も抜く。

「……熊ちゃん、あのさ。寮のあのルールのことなんですけど。禁止されると余計に意識して、頭ん中そうゆうことばっかでいっぱいで、どうにもならないんですけど、どうしたらいいですか」

決してふざけているわけではなく、真剣に。野宮は訊いた。

「ふふっ、そうよね。恋って、そうゆうものよねぇ」

熊田先生も、ちゃんとそれをわかった上で、微笑《ほほえ》みとともに返してくれる。

「大体ちょっと横暴すぎるわよねっ。うちの学校らしくないしっ。……野宮くんも、御子柴ちゃんも。あのルールの本質はちゃんとわかってるもの」

先生がそう言ってくれることが嬉しい。野宮は照れくささに頬をゆるめる。

誰かに迷惑をかけたり、何かを壊したり、他のことをおろそかにしたいわけじゃない。

自分たちはまだ子どもだから、ダメなことがあるのだってわかってる。

でも――でも、ただ好きな子のそばにいたいのだ。

御子柴と一緒にいたい。

そして時々でいいから、手を握ってキスしたい。恋人として。

「わかったわ。アタシ、鬼束《おにつか》先生にかけあってみるわね」

ぐっとこぶしを握る熊田先生に、野宮は「だいじょうぶ？」と尋ねる。

「やあねぇ、平気よ～。普段は鬼ちゃんって呼んでる仲なのよ♡」

「え……」

あの鬼束先生を!?　驚きのあまり変な声がでてしまった。いったいどういう関係なのだろう。

「さぁ、もう起きられそうね。あなたもお夕飯に行ってらっしゃい。食いっぱぐれるわよ」

促され、野宮は部屋を出る。

「熊ちゃん、ありがとう！　頼む、まかせた！」

振り返って手を振ると、先生も笑顔で手を振り返してくれた。

――『野宮くんはアタシに任せて、あなたは戻ってなさいな』

――『はい……』

熊田先生は野宮をベッドまで運んだあとのことを思い出す。

（……御子柴ちゃんもだいぶ思いつめた顔してたし。うふふっ。あの子たち、相当思いをつのらせてるわねぇ♡　一肌脱いであげちゃうわ♡　お風呂事件のおわびにね）

今度こそ大人としての手助けよ、と。小さくなる野宮の背中を見送りながら。

「おー。やっぱもう、みんなほとんど食い終わってんな」

野宮が宴会場へ着いた頃、生徒の大半は既に夕飯を平らげ、談笑しているところだった。

「野宮、遅かったな」

すぐに宮井《みやい》が野宮の姿を見つけ声をかけてくる。

「俺のメシまだある？」

「あるけど。それよりやばいぞ、あれ」

宮井は「柴、たぶん酔ってる」と、向かいの御子柴を顎《あご》でしゃくって指した。

「ウソでしょ!?」

見れば御子柴は頬を赤らめ、ぽわんと宙を見つめている。

「えっ、なんで!?」

「奈良漬《ならづ》けでダメだったらしい」

「そんなに弱いの柴ちゃん!?」

そもそも京都で奈良漬けとはこれいかに、という話だが、問題はそこではなかった。

（つーか、やばいッ！）

「柴は酔うとキス魔に――っ……！」

いつぞやの玉子酒の時、大変な目に遭《あ》ったのは記憶に新しい。

「キス魔？　は？　むしろビンタ魔だったよ??」

　ところが、返ってきたのはそんな言葉。そして野宮の目の前に並ぶのは、頬にまっかな張り手の痕を作った三バカトリオの姿だった。

「介抱しようとしただけなのに」

「イッチーがちょっとアレだったけど……」

　涙目の二階堂《にかいどう》と三村《みむら》に対し、一ノ瀬《いちのせ》だけ両頬にアザを作って黙っている。三村の口ぶりから察するに、どうせまた御子柴へセクハラでもしかけたのだろう。

　とにかく予想外の返答に、野宮は肩透かしを食らってしまった。

「……なるほど。ということは、御子柴くんは酔うと理性のセーブがなくなって、好きなものは好き。嫌なものは嫌になるタイプなのかもね」

　森下《もりした》が前髪に隠れた瞳を輝かせているに違いない、ウキウキとした声で分析する。

「俺らの扱いひどくね!?」と三バカが叫んだが、「男性恐怖症だからしょうがないね」と一蹴《いっしゅう》された。

「のみや～～～♡」

「し、柴ちゃん……」

　当の御子柴はといえば、人目もはばからず上機嫌な様子で野宮に抱きついてくる。

「野宮。いいからその酔っ払い、部屋に連れてけよ」

「お、おー。じゃあとりあえず連れてくわ」

状況は把握《はあく》しきれないままだが、とにかく宮井の言うとおり、酔った御子柴をここに置いておくわけにはいかない。野宮はふらつく御子柴の肩を抱くと、その場をあとにした。

しかし、一部始終をしっかりと見ていた人物がいる。鬼束先生だ。

「……まったく、あの二人は……」

ふたりきりになぞさせるものか、とばかりに席を立とうとした鬼束先生の後ろで、「おほんっ！」と野太い咳払《せきばら》いが響く。

「鬼束先生、ちょっといいかしら？」

呼び止めたのは熊田先生だった。菩薩《ぼさつ》のような微笑みとは裏腹に、顔には般若《はんにゃ》にも似た影がさしている。

これには鬼束先生もビクッと肩を竦《すく》ませ、動きを止めた。

「………このままヤっちゃうに、一票」

野宮と御子柴を送り出した面々が、誰からともなく呟《つぶや》き、挙手をする。

「ハイ」「ハイ」「俺も一票」と手が挙がる。「だよなー」

宮井はうまくやれよとばかりの無言の笑み。森下も同じく、黙ってふたりの後ろ姿を一枚写真に収めた。

「どうする？　のぞく？　のぞいちゃいます？」

「いや、やめとこうぜ」

この期に及んで懲《こ》りていない一ノ瀬を、二階堂がたしなめる。

「あいつら今日散々だったしさ。さすがに野暮《やぼ》ってもんでしょ」


部屋に戻ってきた野宮は、御子柴の体を支えつつ片手で電気のスイッチを探そうとする。けれど暗い中で布団に足先を取られ、御子柴もろともそこへ倒れこんでしまった。

御子柴は何も言わず、じっと野宮を見上げている。

「……柴ちゃん」

外からの薄明かりに淡くきらめく瞳を見て、確信する。

「本当は、あんまし酔ってないでしょ……？」

さっきと違い、御子柴の視線は迷うことなく野宮にだけ注がれていたのだから。

「うん」

微《かす》かに恥じらいを滲《にじ》ませつつも、御子柴は素直に頷《うなず》き起き上がる。

「野宮と、二人っきりになりたかった」

そして今度は野宮に馬乗りになり、ためらうことなくくちづけてきた。

「野宮……。俺、我慢できない……。俺、もう、ちゃんと言いたい……っ」

好きだって——。

「言いたいよ……っ」

あと一歩、踏み越えてしまえば。隠れて、隠して、できるかもしれない。

けど。

「柴……」

野宮は御子柴の頬《ほお》に触れ、あふれそうな気持ちごとすくうようにして撫《な》でる。

「——うん。俺も、言いたいよ」

かわいらしい顔が不安に歪んでいるのが痛々しくて、強く抱き寄せた。

「大丈夫だよ。大丈夫、柴ちゃん」

鬼束先生も、別にふたりの気持ちを否定するつもりはないのだろう。

それでもこんなに厳しく監視されて、ふたりきりも許されないとなると、まるで好きな気持ち自体がダメだと言われている気になる。

開き直っている自分とは違い、御子柴は男性に対する苦手意識があった上での好意だ。もともとの性分もあいまって、なおさら怖くて心細いに違いない。

だから、と野宮は笑ってみせる。

「誰にも文句つけらんないようにやってやろうぜ。俺、堂々としてたいんだよね、柴のことは。な?」

そのほうが楽しいでしょ。朗《ほが》らかに語りかけると、御子柴はようやく思いつめた表情をほどき、微笑《ほほえ》んだ。

「!!」

さっきとは違う、子どものようなキスが降ってくる。唇が触れあうだけのものだけれど、雨あられと繰り返されるそれに、野宮はうろたえた。

やっぱりちょっと酔っているのだろうか?

「し、柴ちゃ……」

ひとしきりキスし終えた御子柴は、ぎゅうっと力いっぱい野宮の体に抱きついてきた。

本当に駄々《だだ》っ子《こ》みたいだ。

嬉しい。御子柴が、甘えてくれている。

「……おなか減ったよね」

申し訳なさそうに呟いたあと、ためらいがちに続く言葉。

「もうちょっとだけ、くっついてても、いい……?」

「もちろん。いくらでも」

野宮は目を細め、小さな背をぽんぽんと叩いてあやす。

好きな子とこうしていられるなら、食事のひとつやふたつ、安いものだった。

「……どう？　終わった？　終わってそう？」

「最中だったら最高に気まずいぞ」

「暗くてまったく見えん」

三バカがひそひそと話しながら、細く開けた襖《ふすま》の隙間《すきま》から中を窺《うかが》う。

別に覗《のぞ》きに来たのではない。興味は確かにあったけれど。

これでもできる限り、班のみんなで時間を潰して戻ってきたのだ。

「お前らなー。男同士のセックスがそう簡単にできるわけないっつーの。ヤってるわけないだろ。あいつらが」

ドキドキした様子の三人に対し、宮井はあらかじめ何事もないことを予測しているかのように冷めた目で言うと、容赦《ようしゃ》なく襖を開け放った。

「ああっ、宮井様っ」

二階堂が悪代官に襲われた町娘のような悲鳴を上げるが、不思議と部屋の中は静まり返っている。

「……」

「……これは、どうゆう状況？」

それもそのはず。野宮と御子柴は仲良く身を寄せ合い、布団で寝息をたてていた。

「まぁ、らしいっちゃらしいけど」

「まさかの添い寝かい」

「とんだお騒がせバカップルだな。ったく……」

次々とぼやきつつ、三バカも宮井も森下も――誰もが穏やかな表情で、仲睦《なかむつ》まじいふたりの寝姿を眺めるのだった。

#16

そしていよいよ、行程二日目の朝。

「天気よーし、邪魔者なーし」

威勢のよい声が晴天に響く。

「絶好のデート日和《びより》ですね」

「楽しんでこいよっ、昼ごろ合流なー！」

「サンキュー！　じゃあ行ってくるわ」

一ノ瀬《いちのせ》や二階堂《にかいどう》のエールを受け、野宮《のみや》と御子柴《みこしば》は手を振って別方向へと歩きだす。

「それでは、デート開始しますか」

「うん！」

胸躍る、秘密の時間。

まずは電車に乗り込み、北西へ。

「どこ行くの？　まだ秘密？」

御子柴は身を乗りだして尋ねてくる。

「んー、嵐山《あらしやま》のほうかな」

「嵐山……」

思わずといった様子でスマートフォンに触れる御子柴を制し、野宮は「ダメダメ」と首を振る。

「調べんのなしな」

「えー、じゃあどんなとこかヒント！」

「そうだなぁ、行ったらちょっと驚くっていうか。笑っちゃうかも」

「えー？」

「あとは、俺に全然関係ないけど、ものすごく関係してるところ」

むしろヒントを出せば出すほど謎が深まっているかもしれない。

到着したら、御子柴はどんな表情をするだろうか。

思いを馳《は》せつつ野宮が顔をほころばせると、御子柴も「なにそれ！　なぞなぞみたいになってるよ～」と声をたてて笑う。

電車は十五分ほどで駅に着いた。ここからは徒歩で目的地へ向かう。

「わー。竹林《かんたん》の道だ。すごい……」

御子柴が感嘆の声とともに天を見上げる。細い道の両脇を青々とした竹が緞帳《どんちょう》のごとく覆《おお》い、足元に美しい翡翠《ひすい》色の影を落としていた。

「ホントすごいなー」

風が吹き抜けるたび、さらさらと葉がこすれ合う音が木霊《こだま》する。

「綺麗《きれい》だね――……」

微《かす》かに射し込む木漏《こも》れ日《び》を受け、感じ入って呟《つぶや》く御子柴に、野宮は思わず目を奪われていた。

「も、目的の場所はこの竹林の先なんだけどさ……っ」

なにもかも忘れて見惚《みと》れてしまいそうになって、慌てて口を動かして――。

けれどいてもたってもいられず、野宮はきゅっと御子柴の手を握る。

御子柴が少し驚いたように顔を向けてきたのがわかった。

「い。今、人いないし。デデ、デートだし」

いざ口にすると「そういえばデートなんだった」と急に恥ずかしくなってくる。

おそらく御子柴にもその照れが伝わってしまったのだろう。白い頬がかあっと赤くなる。

そんな表情もかわいかった。

(や、やべ～。すげードキドキするっ……！)

でも、手は繋《つな》いだまま。ふたりは緑の小径《こみち》を歩いた。

「おっ。見えてきた。あれだな、きっと」

「えっ。ど、どれ？」

竹林を抜けると、今度は大きな落葉樹《らくようじゅ》に囲まれた場所が見える。

「ははっ、じゃあせっかくだから、柴ちゃんは目、つむって。さん、ハイ！」

「えっ？　あ、はい……っ」

野宮の合図に、御子柴は素直にぎゅっと目をつむった。

「こっちおいで」

そのまま野宮は御子柴の手を引き、少し行ってから「いいよ、目ぇ開けても」と声をかける。

御子柴の瞼《まぶた》が上がる。透き通るようにきらめく瞳が、ゆっくり焦点を結ぶ。

野宮はその前で大きく両手を広げてみせた。

「じゃーん、なんと、俺の神社で――す！」

石碑《せきひ》に刻まれているその名は、『野宮《ののみや》神社』。

御子柴は目をまんまるにしてしばらく野宮と神社を見比べたあと、

「ぷっ……あははははっ、なんか、すっごい野宮らしー！」

と、これ以上ない笑顔を弾けさせた。

それこそ野宮もつられて顔をほころばせてしまうほど、最高の笑顔だった。

「野宮すごい！　よく見つけたね、同じ名前！」

「なー、俺もびっくりだよ。まぁ、この神社は『ののみや』って読むみたいだけどな」

「それにね、柴ちゃん。あれ見て」と、野宮は鳥居の横にある看板を指さす。

「ここ、縁結びの神社なんだって。結構有名みたい。どう？　俺と一緒に来たらご利益《りやく》ありそうでしょ？」

ふたりで仕切り直し――いや、ふたりなら、昨日のぶんを倍にして取り返すくらいできる気がする。

不思議な自信とともに、野宮は御子柴の手をもう一度握り直した。

「さ、行こう」

「うんっ」

――『おみくじ――百円を入れてから一枚おとり下さい』

いざ……っ。

御子柴が小さな紙を開く後ろから、野宮も緊張の面持《おもも》ちで覗《のぞ》きこむ。

結果は――大吉。

願望、心ながく思うてせよ。叶いましょう。

待人、おそけれど来る——昨日の大凶が嘘のように、希望の言葉が並んでいる。

「や、やった——！」

御子柴は人目もはばからず叫んだ。

「野宮っ、大吉だよ大吉！」

「よかったな、柴！」

「うん！」

全力で喜ぶ高校生男子ふたりに、近くでお守りを販売している巫女《みこ》さんも思わず微笑《ほほえ》んでいる。

「前のはさ、飛んでいっちゃったんだし。柴ちゃんの運勢じゃなかったんだよ、きっと。だから、こっちにしとけばいいんじゃない？」

ご都合主義全開で、神様には呆《あき》れられてしまいそうだけれど。なんでもいいほうを信じて、よくないなら自分でよくするのが、野宮の信条だ。

「野宮……」

御子柴はそんな言葉にいたく感激したのか、瞳を潤ませ抱きついてきた。

「野宮、ありがとう……。ありがとう〜〜〜」

縁結びの神社で繰り広げられるアツアツのワンシーンに、今度は通行人のみなさままで温かいまなざしである。増えてくる人に一瞬慌てるが、これだけ御子柴が喜んでくれているのだ。

（ま、いっか……）

一番の目的は果たせたのだから、すべてよし。

しがみついてくる御子柴の頭を撫《な》でながら、野宮は微笑んだ。

ひとしきり喜びを分かち合ったあとは、当然ながらきちんと参拝をする。

並んで手を合わせたふたりは、しばらくの間、熱心に願い事をしていた。

どちらからともなく目を開けて顔を見て、にっと笑う。

「じゃあ、そろそろ行こうか」

「うん」

――なに、お願いしたのかな。

同じだったらいいな――。

「あれ？　御子柴くん、なに持ってるの？」

旅館に戻り一息ついていた御子柴のもとへ、森下《もりした》が寄ってくる。

「大事そうだね」

どうやら手にしたお守りを目ざとく見つけたらしい。

「うん。野宮が連れてってくれた神社で、お守り買ったんだ。ちょ、ちょっと恥ずかしいけど、記念にね……っ」

縁結びとあって、片側にはゆかりのある『源氏物語《げんじものがたり》』から、男女の逢瀬《おうせ》の場面があしらってあるが――。

「この裏、見てみて」

もう一方には『野宮神社』の文字が刺繍《ししゅう》されていた。

森下は「わお！　なるほど」と声を上げる。

「これは御子柴くんにとって、最高の推しグッズだね」


京都のあと、大阪経由でひとしきりグルメや観光を堪能《たんのう》し、一行は一路帰京の途についた。

「ったく、のんきな顔しやがって」

「幸せオーラ全開だね」

「こっちが恥ずいくらいだわ」

飛行機の中、後ろの席を覗きながら宮井《みやい》と森下が話している。

そういえば途中から、なぜか鬼束《おにつか》先生の妨害はパタリとなくなった。

のちのち知ったところによると、鬼束先生と熊田《くまだ》先生は同じ男子校出身の遠い先輩後輩だそうだ。

きっとあの露天風呂鉢合《はちあ》わせ事件後、熊ちゃんが鬼ちゃんを説得してくれたのだろう。

そのお蔭《かげ》もあって、野宮と御子柴は残りの旅を思う存分満喫《まんきつ》することができたので、感謝しなければいけない。

いろいろあった清水寺《きよみずでら》、添い寝での寝落ち、ふたりきりの野宮神社――。大阪へ移動してからはみんなでたこ焼きを食べたり、班のメンバーのみならず、中王子《なかおうじ》やブサブサなど全員集合でふざけた写真も撮った。

ふたりの胸とスマートフォンのカメラロールには、たくさんの思い出がつまっている。

「夢の中でもイチャついてそうだよな、こいつら」

宮井の目線の先には、野宮の肩にもたれかかって穏やかに眠る御子柴と、そんな御子柴の頭に頬《ほお》を寄せ、口を開けて呑気《のんき》な寝顔をさらす野宮の姿。

遊び疲れて心地よい帰路につくふたりは、夢でも一緒に旅をしているのかもしれない。

ゴオオオ…
ったく
のんきな顔
しやがって
幸せオーラ
全開だね
パシャ
こっちが
恥ずい
くらいだわ
夢の中でも
イチャついて
そうだよな
すー
くかー
こいつら
遊び疲れた
様子で
心地よい帰路に
着くのでした

「おっ、あのルールが更新された。鬼センが投げやりになったぞ。しかも殴《なぐ》り書き」

「まぁ、これが本質っつーか。実にウチらしいわ」

修学旅行が終わった数日後、寮の掲示板には一枚の紙が貼りだされた。

『カップルに告ぐ
著《いちじる》しく成績の落ちた者は、**即別居**!!　以上』

桐浜《きりはま》高校は全寮制男子校。

野宮と御子柴は、ルームメイトで友だちで――お互いのことが好き。

まだちゃんと、「好き」と言葉にできてはいないけれど。

きっともう間もなく、その時は訪れるはず。

どたばたな寮の日常

うわっ
なにこの大量の野菜なにごと？
仕送りの段ボール間違えて送ったっぽくて…
お母さん…
どうすんだよこれ
どうしよ〜〜
…なんか
ひょこっ
カレー作れそうな材料だね
!!
それだ!!
御子柴ナイス！
手伝って〜
いいよ
あ、俺去年のカレールーならある…！
いけるいける
そういえば前に森下《もりした》がお米全然減らないって言ってたような…
よし、巻き込め！
なにやってんの？

二人とも手伝って！
はい？
隠し味キメてこうぜ～！
うちのお母さんソース入れてた
コーヒーなんかもいいらしい
チョコもきくよな
わいわいわいわい
ガタッ
…お前たちなんの騒ぎだ？
カレーパーティーで～～す！
肉なし
お父さん
お母さん
楽しくやってます
・おわり・

田倉トヲルあとがき

なんと『のみ×しば』が
ノベライズになりました。
びっくりです。
ありがとうございます！

※この作品はフィクションです。実在の人物・団体・事件などにはいっさい関係ありません。

集英社オレンジ文庫をお買い上げいただき、ありがとうございます。
ご意見・ご感想をお待ちしております。

● あて先
〒101-8050　東京都千代田区一ツ橋2-5-10
集英社オレンジ文庫編集部 気付
柄十はるか先生／田倉トヲル先生

小説
のみ×しば

集英社
オレンジ文庫

2024年6月25日　第1刷発行

著　者　柄十はるか
原　作　田倉トヲル
発行者　今井孝昭
発行所　株式会社集英社
〒101-8050東京都千代田区一ツ橋2-5-10
電話【編集部】03-3230-6352
【読者係】03-3230-6080
【販売部】03-3230-6393（書店専用）
印刷所　図書印刷株式会社

ISBN 978-4-08-680565-0 C0193

集英社オレンジ文庫

東堂 燦

十番様の縁結び 6

神在花嫁綺譚

大人気の和風シンデレラ・ストーリー、第一部完結！
初戀夫婦の真緒と終也は再会して——！?

白洲 梓

最後の王妃

『威風堂々惡女』の著者、デビュー作が待望の復刊！
加筆修正のほか、特別ショートストーリーを収録の新装版。

櫻いいよ

あの夏の日が、消えたとしても

高2の千鶴、華美、そして2週間の記憶を失くした律。
夏休み、花火、告白——運命の日をめぐる3人の恋＆青春物語！

倉世 春

おやしろ温泉の神様小町

六百年目の再々々々…婚

絶対に結婚したい若婿vsその一途さに動揺する守り神！
温泉郷の老舗旅館を舞台に、人と神の結婚騒動が勃発！?

6月の新刊・好評発売中